KB137719

끝이 좋으면 다 좋다

한국셰익스피어학회 작품총서 031

끝이 좋으면 다 좋다

All's Well That Ends Well

윌리엄 셰익스피어 지음

조숙희 옮김

도서출판 동인

발간사

지금까지 셰익스피어 작품에 대한 번역은 끊임없이 다양한 동기에 의해 진행되어 왔다. 초창기 셰익스피어 작품 번역은 일본어 번역을 우리말로 옮기는 작업이었다. 일본이 서구에 대한 수용을 활발한 번역을 통해서 시도하였기 때문에 일본어를 공부한 한국 학자들이 번역을 하는데 용이했던 까닭이었다. 하지만 이 경우는 문학적인 차원에서 서구 문학의 상징적 존재인 셰익스피어를 문학적으로 소개하는 것이 목적이어서 문어체를 바탕으로 문장의 내포된 의미를 부연하게 되어 매우 복잡하고 부자연스러운 번역이 주조를 이루었던 것이 문제가 되었다.

그 다음 세대로서 영어에 능숙한 학자들이나 번역가들이 셰익스피어 번역에 참여하게 되었다. 셰익스피어 작품에 대한 수많은 주(note)를 참조하여 문학적 이해와 해석을 곁들인 번역은 작품의 깊이를 파악하는데 많은 도움이 되었다고 볼 수 있다. 하지만 셰익스피어 작품을 무대에 올리는 배우들에게는 또 다른 문제가 생길 수밖에 없었다. 문학적 해석을 번역에 수용하는 문장은 구어체적인 생동감을 느낄 수 없었고, 호흡이 너무 길어 배우가 대사로 처리하기에 부적합하였다.

이런 문제점을 해결하기 위해서 번역가마다 각자 특별한 효과를 내도록 원서에서 느낄 수 있는 운율적 실험을 실시하기도 하였다. 그런 시도는 셰익스피어 번역에 새로운 분위기를 자아내었을 뿐 아니라 다양한 번역이 이루어져 나름의 의미가 있었다고 본다. 반면에 우리말을 영어식의 운율에 맞추는 식의 인위적 효과를 위해서 실험하는 것은 배우들이 대사 처리하기에 또 다른 부자연성을 느끼게 하였다.

한국에서 셰익스피어를 연구하는 학자들이 모이는 한국셰익스피어학회에서 셰익스피어 탄생 450주년을 기념하여 셰익스피어 전작에 대한 새로운 번역을 시도하기로 하였다. 우선 이번 번역은 셰익스피어 원서를 수준 높게 이해하는 학자들이 배우들의 무대 언어에 알맞은 번역을 한다는 점에서 차별성을 두고자 한다. 또한 신세대 학자들이 대거 참여하여 우리말을 현대적 감각에 맞게 구사하여 번역을 하자는 원칙을 정하였다.

시대가 바뀔 때마다 독자들의 언어가 달라지고 이에 부응하는 번역이 나와야 한다고 본다. 무대 위의 배우들과 현대 독자들의 언어감각에 맞는 번역이란 두 마리 토끼를 잡는 것은 그리 쉬운 일은 아니지만 매우 의미 있는 일일 것이다. 이번 한국 셰익스피어 학회가 공인하는 셰익스피어 전작 번역이 성공적으로 이루어지도록 뒷받침하는 도서출판 동인의 이성모 사장에게 심심한 감사의 뜻을 전하며 인문학의 부재의 시대에 새로운 인문학의 부활을 이루어내는 계기가 되리라 믿는다.

2014년 3월
한국셰익스피어학회 17대 회장 박정근

심리학 분야에서 알려진 많은 연구들 가운데 하나가, 대표적인 종적 연구인 이른바「그랜트 연구」이다. 1937년에 하버드 의대 교수인 알리 복이 "행복한 삶에 일정한 공식이 있을까"라는 의문을 풀어보기 위해 시작했으며 당시 하버드 재학생 중에서도 가장 전도유망한 268명을 선정하여 그들의 삶을 지속적으로 관찰하는 연구였다. 대를 이어 거의 70년 동안 지속된 이 연구는 2009년에 마침내 일 차 마무리가 되었다. 하버드 의과대 조지 베일런트 교수가 그 연구의 결론을 한 문장으로 요약하기 위해 인용한 셰익스피어의 구절은 다음과 같다. "A web of our life is of a mingled yarn, good and ill together"(우리의 삶은 좋은 일과 나쁜 일이 한 데 섞인 실로 짠 천과도 같다). 이는 다름 아닌『끝이 좋으면 다 좋다』(*All's Well That Ends Well*)에 나오는 문장이다.

『끝이 좋으면 다 좋다』는 수많은 셰익스피어의 작품들 중에서도 가장 주목을 받지 못하는 이른바 변두리 작품이다. 파격적인 플롯, 불규칙적인 운율, 등장인물들의 이름들의 혼용, 도덕적으로 애매한 주제 등이 그 원인이다. 무엇보다도, 천한 신분으로 태어난 여자가 적극적으로 자기 앞에 놓인 걸림돌을 디딤돌로 바꾸어 신분 상승에 성공하고 높은 신분을 가진 남자와 결혼에 성공한다는 소재 자체가 성 역할에 극히 엄격했던 가부장적인 사고를 가진 독자와 관객들에게는 껄끄러운 내용이었음이 틀림없다.

그러나 그러한 통념을 벗어놓고 어린이가 동화를 읽듯이 편안하게 읽다보면 주인공인 헬레나의 활약을 통해서, 마치 불가능하다고 여겨졌던 과업을 성취하는 신화 속의 영웅, 혹은 동화 속의 주인공들에게 우리가 느끼는 찬탄과 즐거움을 느낄 수 있다. 이 작품은 플롯 구성에 관한 한 다른 어떤 작품보다도 잘 짜여있어 마치 추리소설을 읽는 듯한 맛도 더불어 즐길 수 있다.

이 작품을 번역하면서 원본 텍스트는 수많은 판본들 중에서 아든 판, 펠리칸 판, 옥스퍼드 판 등을 주로 참작하였고 주석은 주로 아든 판을 참고하였다. 또한 우리말 번역 텍스트는 저명하신 여러 셰익스피어 학자들께서 완성하신 버전들이 많이 있는데, 이 번역 작업을 하면서는 가능한 한 번역 버전들을 의식하지 않으려고 애썼다. 행여 선배 학자님들의 소중한 결실을 무의식적으로나마 표절하게 되면 어떡하나 하는 두려움이 너무 컸기 때문이다. 그럼에도 불구하고, 타 언어를 우리말로 번역하는 것이기 때문에 불가피하게도 어휘나 표현 등의 사전적 의미가 오버랩되는 경우가 많을 것으로 짐작된다.

이 작품을 정통적으로 해석하고 학문적으로 탐구하는 정석적인 작업은 이미 선배 학자님들께서 이루어 놓으셨기 때문에, 이번 번역은 오히려 좀 더 가볍게, 구어체로 하려고 노력했으며, 상대방에 대한 어투는 상황에 따라서 변화를 주면서 가능한 한 실감나게 번역하려고 노력했으며, 독자의 몰입을 방해하지 않기 위하여 각주는 가능한 한 줄였다.

이 번역본이 가지고 있을 많은 오역의 부분들은 모두 번역자의 학문의 일천함에서 비롯된 것임을 인정하면서, 부족하지만 이 번역본이 『끝이 좋으면 다 좋다』에 대한 극계와 세간의 평가가 제고되는 계기가 되기를 바랄 뿐이다.

2016년 11월
조숙희

| 차례 |

등장인물

프랑스 왕

플로렌스 공작

버트람 로시용의 백작

라퓨 늙은 귀족

듀메인 형제 프랑스 귀족들. 플로렌스 공작을 섬기는 장교 역할을 함.

파롤스 버트람의 시종

프랑스 신사

리날도 로시용 백작부인의 시종

라바치 로시용 백작부인의 광대

시종

로시용 백작부인 버트람의 어머니

헬레나 백작부인의 수양딸

카필렛 부인 플로렌스 거주

다이아나 카필렛 부인의 딸

비오렌타 카필렛 부인의 이웃이자 친구들

마리아나

프랑스와 플로렌스의 귀족들, 수행원들, 병사들

장소: 로시용, 파리, 플로렌스, 마르세이유

1막

1장

로시용, 백작의 궁전

로시용의 새 백작이 된 버트람과 그의 어머니, 헬레나, 라퓨 경 등이
상복을 입고 등장.

백작부인 아들을 떠나보내자니 마치 두 번째 남편의 장례를 치르는 것과
같구나.

버트람 어머니, 떠나려고 하니 돌아가신 아버님 생각에 눈물이 나요. 하
지만 이제 저의 보호자가 되신 국왕폐하의 명을 받들어야 합니
5 　 다.

라퓨 이젠 백작부인께서 국왕폐하를 남편처럼 받들어야 하고, 젊은 백
작님도 아버님처럼 받들어야지요. 폐하께서는 워낙 애정이 넘치
셔서 아드님께도 아낌없이 베풀어주실 겁니다. 백작님은 차가운
사람의 마음도 녹이는 분이시니, 성품이 따뜻하신 폐하께서 사랑
10 　 하시지 않을 리 없습니다.

백작부인 폐하께서는 좀 차도가 있으신지?

라퓨 지금까지 믿고 의지하던 의사들도 다 물리치셨다고 합니다. 차도
15 　 가 없으시니 갈수록 희망의 끈을 놓으시는 것 같습니다.

백작부인 여기 있는 이 애의 아버지가 정직할 뿐 아니라 의술이 아주 뛰
어났었는데. 이젠 이 세상 사람이 아닌 것이 한탄스러울 뿐. 제대

로 실력을 발휘할 수 있었더라면 인간들이 영생하게 되어 저승사

자가 할 일이 사라졌을 터인데. 폐하를 생각하면 그분이 살아있 20

었더라면 좋았을 것을. 단박에 완치해드릴 수 있었을 거야!

라퓨 그 의사의 이름이 무엇이었던가요?

백작부인 명성이 아주 대단한 사람이었지요. 제라드 드 나본이었어요. 25

라퓨 그 의사는 진짜 유명했지요. 폐하께서 바로 얼마 전에도 그 의사

칭찬을 하시면서 애석해하셨어요. 지식으로 죽음을 극복할 수만

있다면 아직 살아있고도 남을 만큼 뛰어난 의사였지요.

버트람 폐하께서 무슨 병을 앓고 계시나요? 30

라퓨 궤양성 농양이라고 합니다.

버트람 처음 들어보는데요.

라퓨 널리 퍼지지 않아서 다행이지요. 이 아가씨가 제라드 드 나본의

따님이라구요?

백작부인 그 사람의 무남독녀인데 내가 돌보게 되었지요. 교육으로 이 35

애가 타고난 좋은 점들을 발전시키리라 믿고 있어요. 그럼 금상

첨화이지요. 부정한 사람이 교육을 받으면 칭찬과 애석함이 섞이

게 되지요. 득이 될 수도, 해가 될 수도 있으니까요. 하지만 이 애 40

는 순진해서 좋은 결과만 낳게 되지요. 애가 본시 정직해서 좋은

교육 효과를 가져오니까요.

라퓨 부인의 칭찬을 듣고 아가씨가 우는데요.

백작부인 칭찬 받은 처녀가 보일 수 있는 제일 좋은 반응이 눈물이지요.

이 애는 돌아가신 아버지 생각을 할 때마다 슬픔에 북받쳐서 얼 45

굴이 새파래진답니다. 헬레나야, 이젠 그만 울어라. 괜히 슬픈 척

한다고 오해라도 받으면 어떡하니.

50 **헬레나** 슬픈 척 하는 거에요, 실제로 슬프기도 하구요.

라퓨 적당한 애도는 돌아가신 분이 받아야 할 당연한 권리이지만 지나친 애도는 살아있는 사람에게 독이 되는 법이랍니다.

백작부인 애도가 독이 된다면, 지나친 애도는 사람을 곧 죽게 만들 거에요.

55 **버트람** 어머니, 떠나는 저에게 축복을 주세요.

라퓨 무슨 뜻이온지?[1]

백작부인 버트람아 내 축복을 받고 명실공히 네 아버지를 승계하여라.

60 혈기와 미덕을 조화시키고 가문의 명예에 걸맞게 처신해라. 누구에게나 덕을 베풀지만 아무나 믿으면 안 되고 다른 사람에게 해 입히는 일이 없도록 하라. 적을 이길만한 힘을 갖추지만 실제로 사용하지는 말고, 친구를 네 목숨처럼 아껴라. 침묵한다고 비난을 받는 건 괜찮지만, 말을 많이 해서 손해 보는 일이 없도록 하

65 라. 하늘이 베풀어 주실 모든 은총과 나의 기도가 너와 함께 하기를. 잘 가거라. 라퓨 경, 우리 아이가 궁중 경험이 없으니까 잘 지도해주길 바랍니다.[2]

라퓨 폐하의 사랑을 받아 모든 일이 잘 될 것입니다.

70 **백작부인** 하느님께서 축복해주시길! 아들아, 잘 가렴. [퇴장]

---

1. 라퓨의 질문은 바로 앞의 백작부인의 말에 대한 대답이다. 버트람은 라퓨와 백작부인의 대화에 끼어듦으로써 다소 성급하고, 이 자리를 떠나고 싶어 하는 측면이 있음을 보여주고 있다.
2. 백작부인이 버트람에게 하는 충고는 『햄릿』에서 폴로니어스가 레어티즈에게 하는 것과 많이 유사하다.

버트람 어머니가 생각해낼 수 있는 모든 소원이 성취되기를 빕니다! [헬레나에게] 아가씨는 우리 어머니를 잘 돌보아주기를 바라오.

라퓨 귀여운 아가씨, 잘 있어요. 아버지의 명성을 잘 이어가길. [버트람 75 과 라퓨 퇴장]

헬레나 오, 그게 전부라면 좋겠어! 나는 아버지를 애도하는 게 아니야. 아버지를 위해 흘린 것보다 훨씬 더 많은 눈물을 그이 때문에 흘리고 있어. 아버지가 어떻게 생기셨더라? 기억도 잘 안 나. 나의 80 마음은 오직 버트람을 향해 있을 뿐. 이제 끝장이야. 버트람이 떠난다면 나는 죽은 것과 같아. 마치 하늘에서 빛나는 별을 사랑하고 결혼하고 싶어 하는 것처럼, 그이는 나보다 신분이 너무 높아. 85 밝은 별과 같은 그의 광채에 만족해야지, 그 별이 있는 곳으로 갈 수는 없어. 주제넘은 사랑이 고통스러워. 암노루가 사자와 짝을 지으려 하면 그 대가로 죽어야겠지. 그이를 만날 때마다, 혹은 혼자서 그이의 둥근 눈썹, 광채 나는 눈, 곱슬머리 등을 마음의 화 90 폭에 그려보며 괴로우면서도 기뻤어. 내 마음에는 그이의 아름다운 용모가 고스란히 자리 잡고 있어. 하지만 그이가 떠나버렸어. 이제는 그이가 남기고 간 물건들에 나의 사랑을 쏟을 수밖에. 아 95 니 누가 오는 걸까?

파롤스 등장.

그이와 함께 가는 사람이구나. 부럽기 짝이 없네. 하지만 악명 높은 거짓말쟁이이고 어리석을 뿐 아니라 겁쟁이라는 걸 잘 알고 있지. 이런 악덕들이 이 사람에게 너무 잘 어울려서, 철과 같은 100

미덕의 뼈가 찬 바람을 쐬고 오싹해질 때에는 오히려 활개를 치지. 차가워진 지혜가 겉만 번드르한 어리석음의 시중을 드는 것은 흔한 일이야.

파롤스 안녕하쇼, 아름다운 여왕님!

105 **헬레나** 안녕하세요, 국왕님!

파롤스 아닌데요.

헬레나 저도 아닌데요.

파롤스 순결에 대해서 명상하고 계시나요?

110 **헬레나** 댁은 용맹한 병사이시니까 한 가지 묻고 싶어요. 남자가 순결의 적이라면 우리 여자들은 어떻게 방어해야 할까요?

파롤스 곁에 오지 못하게 막아야지요.

헬레나 하지만 남자가 공격을 하면 우리 순결은 힘이 달려서 방어를 잘

115 못 해요. 호전적으로 저항하는 법을 가르쳐주세요.

파롤스 그런 비결은 없어요. 남자는 여자 앞에 진을 치고 서서히 여자의 힘을 뺀 후에 펑하고 날려버리니까요.[3]

헬레나 우리의 순결이 그렇게 당하는 일이 없기를! 반대로 여자가 남자

120 들을 날려버릴 수 있는 병법은 없나요?

파롤스 여자들의 순결이 날아가기 전에 남자들은 이미 결딴이 나지요. 남자들이 폭발하면 그 구멍이 너무 커서 당신네들이 통째로 빠져 버려요. 처녀성을 보존하는 것은 자연계에 합당한 일이 아니에요.

125 순결은 잃어야지 늘어나는 거요. 일단 순결을 잃지 않으면 처녀 들이 생길 수가 없으니까. 처녀들은 처녀들을 만들어내기 위한

---

3. 펑하고 날려버린다는 표현은 오르가즘과 같은 성적인 의미를 담고 있다.

재료인 셈이지요. 처녀성을 한 번 잃으면 처녀성이 열 배로 늘어
나고, 처녀성을 잃지 않으면 처녀성이 생길 수가 없어요. 그건 너
무 차가운 친구이니 버리는 게 나아요!   130

헬레나 처녀로 죽을지언정 일단은 순결을 유지할래요.

파롤스 자연의 섭리를 거스르겠다니, 더 이상 할 말이 없군요. 처녀성을
지켜야 한다고 말하면 댁네들의 어머니들을 비난하는 것과 마찬
가지인 셈인데, 그건 명백한 불효지요. 목매어 자살하는 것과 다   135
를 게 없어요. 처녀성을 간직한 대로 죽는다면 자연에 반역한 셈
이므로 교회 묘지와 멀리 떨어진 길바닥에 묻어야 해요. 처녀성
은 치즈와 같아서 벌레들이 꾀어요. 몸이 부스러기가 되고 자신
의 위까지 먹어치우면서 죽으니까요. 게다가 처녀성은 괴팍하고   140
허영 덩어리이고 게으른데다가 이기적이에요. 교회에서 제일 죄
악시하는 것들이지요. 가지고 있으면 안 돼요. 어차피 잃게 되어
있다는 말씀. 빨리 버려요. 그러면 일 년이 채 안 되어 두 배로 늘
어날 것이니 얼마나 좋은 일이오. 게다가 본인에게도 잘 된 일일   145
터이니. 빨리 던져버려요!

헬레나 그걸 자기가 원하는 대로 버리려면 어떻게 해야 할까요?

파롤스 가만 있자, 여자의 순결을 원하지 않는 사람에게 그냥 주어버리
세요. 자고로 물건이란 가만 놓아두면 광채를 잃는 법. 오래 묵힐
수록 값이 떨어지지요. 팔릴 수 있을 때에 처분해요. 요구할 때에   150
응하는 거지요. 처녀성은 유행 지난 모자와 공들여 맞추었지만
아무도 입으려하지 않는 옷을 걸치고 있는 늙은 시녀와 같아요.
아무도 사용하지 않는 브로치나 이쑤시개와 다를 게 없어요,⁴ 댁

을 과일로 치자면 파이나 죽 만드는 데에는 좋지만 뺨에 드러나
는 혈색에는 좋을 게 없지요.[5] 처녀성은 늙으면 프랑스 산 시든
배와 같아요. 전에는 싱싱했을지 몰라도 이미 말라빠진 거요. 보
기도 싫고 먹으면 과즙도 안 나오고. 그걸로 뭘 하겠어요?

헬레나 제 처녀성은 아직 그 정도까지는 아니에요... 댁이 모시는 젊은
주인님은 어머니, 연인, 친구, 불사조, 대장, 적, 가이드, 여신, 왕,
고문, 배신자, 그리운 이 등등 너무 많은 애인을 가지실 것 같아
요... 겸손한 야망, 교만한 겸손, 삐걱거리는 협화음, 소음으로 가
득 찬 감미로운 음악, 신앙, 감미로운 불행, ... 등 여러 이름으로
주인님을 부르겠지요. 예쁘고 다정한 여성들이 맹목적인 큐피드
가 하는 식으로 유혹할 터인데, 그럼 주인님은 어떻게 하실까요.
하느님이 보호해주시겠지요! 궁정에서 배워야할 것이 많을 터인
데... 아마도 주인님은—

파롤스 누구를 말하는 거요?

헬레나 제가 축복을 내리고 싶은 분이요. 안타깝지만요...

파롤스 왜 안타까워요?

헬레나 축복을 드려봤자 상대방이 알지 못하니 헛일이거든요. 우리처럼
신분 낮은 사람들은 그저 마음에만 담고 있어야하니까요.

---

4. 이쑤시개는 그 당시 한 때 여행을 많이 다닌 신사계급의 상징이어서 일부러 눈에 뜨
이게 모자에 꽂고 다녔다고 한다.
5. 원문에서는 나이(age)라는 뜻과 대추야자 열매라는 뜻을 동시에 가지고 있는 date라
는 단어를 써서 말장난(pun)을 하고 있음.

시종 등장.

시종 파롤스 나리, 백작님께서 찾으십니다. [퇴장]

파롤스 헬레나, 잘 있어요. 궁중에 가서도 아마 생각날 것 같아요.   185

헬레나 파롤스 님은 마음이 넓으신 별자리를 타고 나셨나 봐요.

파롤스 내 별자리는 화성(마아스)⁶이에요.

헬레나 그러실 줄 알았어요.

파롤스 왜요?   190

헬레나 늘 전쟁에 나가시니까 별자리가 마아스일 줄 알았지요.

파롤스 특히 마아스가 앞으로 전진할 때이지요.

헬레나 제 생각에는 뒤로 갈 때 같은데요.

파롤스 왜 그렇게 생각해요?   195

헬레나 전쟁터에서 뒷걸음하실 때가 많으실 테니까요.

파롤스 그게 더 유리할 때는요.

헬레나 겁이 나서 안전을 도모하고 싶으면 도망가는 거지요. 두려움과
용기가 하나가 되면 더욱 빨리 도망가겠지요. 그런데 입고 계신
옷이 참 좋아 보이네요.   200

파롤스 내가 바빠서 정확한 답을 못하겠네요. 완벽한 신사가 되어 돌아
오겠소. 내가 배운 것을 가르쳐주면 당신도 신식 문물을 알게 될
거요. 궁중 신사의 충고를 잘 받아들여 이해하지 못하면 다른 사   205
람들에게 잊힌 채로 죽게 되겠지요. 잘 계세요. 틈나는 대로 기도
를 드리고, 틈이 안 나면 친구들을 생각하세요. 좋은 남편을 만나

---

6. 마아스(Mars)는 로마신화의 군신을 의미한다.

210 　서 서로 도와가며 사세요. 그럼, 안녕. [퇴장]

헬레나　자신의 힘으로 해결하는 경우도 많아, 대개 하늘의 처분에 맡기
　　　려고 하지만. 운명은 하늘에서 정해진다 해도 여전히 우리가 노
　　　력할 수 있는 부분이 있거든. 아둔해서 뒷걸음질 치는 것이 문제
215　　지. 나의 사랑이 그처럼 높은 곳을 향하고 있는 것은 무슨 조화일
　　　까? 그저 바라보기만 해야 하나? 운명의 장난으로 서로 비슷한
　　　위치에 있는 것처럼 결합시키기도 하는 법이야. 어려움을 미리
220　　계산하고 난관을 극복 못한다고 포기하는 사람들은 무모한 도전
　　　을 생각해보지도 않겠지. 사랑하는 사람이 알아주지 않는 매력을
　　　애써 드러내려고 하는 여자가 있을까? 프랑스 왕의 병환이라―
　　　내 계획이 제대로 들어맞지 않을 수도 있지만 이미 내 마음이 확
　　　고하니 밀어 붙이는 수밖에. [퇴장]

2장

파리. 왕궁

화려한 나팔소리. 프랑스의 왕이 편지를 쥔 채로
여러 명의 수행원들을 데리고 등장.

왕 플로렌스와 시에나 사이에 전쟁이 터졌고, 우열을 가리지 못한
채 전쟁이 더욱 치열해지고 있다 하오.

귀족 1 저도 들었습니다.

왕 나와 절친인 오스트리아 왕이 보내온 서신이 믿을 만한 정보요. 5
그에 의하면 플로렌스가 우리에게 구원을 요청할 것이니 거절하
는 게 좋겠다는 내용을 담고 있소.

귀족 1 진실로 폐하를 사랑하는 의미를 가진 지혜로운 충고이니 신뢰하 10
심이 좋을 듯합니다.

왕 그 서신으로 인해 나의 결심은 더욱 굳어졌소. 플로렌스의 요청
이 있더라도 지원병은 파견하지 않겠소. 하지만 토스카나 전쟁에
는 어느 편이든지 그대들이 원하는 진영에 참가하여도 좋소.

귀족 2 전쟁에 직접 참여해보고 싶어 하는 우리 기사들에게 좋은 경험이 15
될 것입니다.

왕 저기 오고 있는 자는 누구요?

버트람, 라퓨, 파롤스 등장.

귀족 1 이번에 로시용의 백작이 되신 버트람입니다.

왕 그대는 아버지의 얼굴을 쏙 빼닮았군. 조물주가 신중하고도 꼼꼼하게 그대를 만들어내었군. 아버지의 덕성도 함께 물려받았기를 바라오. 파리로 온 것을 환영하오.

버트람 성은이 망극하옵니다.

왕 그대의 아버지와 내가 처음으로 전쟁터에 나가 무공을 겨루던 그 시절의 강건했던 몸이 그립소. 그대의 아버지는 전술이 탁월했으며 부하들도 용감했지. 그로부터 긴 세월이 흘러 우리 둘 다 기력이 쇠하게 되었지. 모처럼 그대 아버지 이야기를 하게 되니 저절로 기운이 되살아나는 듯하오. 유머 감각도 뛰어나서 요즘 젊은이들 못지않았지. 품위 있는 처신이 함께 했기에 요즘 젊은이들의 경박한 유머보다 한 수 위였다고 할 수 있지. 완벽한 신사여서 뛰어난 자부심과 명철함을 가졌음에도 남을 무시하거나 기분 나쁘게 하는 일이 없었소. 자기와 신분이 동등한 사람에게 화를 내야할 상황이 생겨도 끝까지 참았다가 반드시 표현해야만 할 경우에만 분출했지. 자기보다 아래에 있는 사람들에게도 갖은 예를 다 갖추어 대하니 그의 겸손함에 대해 칭송이 자자했고, 그 칭송에 더욱 몸을 낮추었던 분이오. 요즘 젊은이들이 따라야할 모범이라고 할 수 있지.

버트람 폐하께서 제 선친에 대해 너무나 잘 기억하고 계십니다. 선친이 묻히신 무덤 위의 비석에 적힌 것보다 폐하의 칭찬이 훨씬 뛰어나십니다.

왕 그대의 아버지가 내 곁에 있다면 좋으련만! 아직도 그의 목소리

가 들리는 듯해. 칭찬받아 마땅한 그의 언사는 그냥 흩뿌려지는
것이 아니라 뿌리를 내리고 자라고 열매를 맺는 것들이었지. 마 55
치 한창 때를 지내고 우울함이 밀려올 때에 최후의 송가처럼 이
렇게 말했거든. "더 이상 불태울 기름이 소진되기 전에, 옛 것이
라면 무조건 무시하는 젊은이들에게 방해거리가 되기 전에 죽었 60
으면 합니다. 젊은이들은 소중한 재능을 새로운 의복 유행을 만
들어내는 데에나 쓰고 있으니 말입니다." 그의 소원이 나의 소원
이기도 하오. 나도 이제는 꿀이나 밀랍을 날라오지 못하니 후세 65
대를 위해서 나의 벌집에서 빨리 사라지고 싶다오.

귀족 2 국민들이 폐하를 존경하고 있습니다. 폐하께서 건재하시기를 모
두 바라고 있습니다.

왕 짐도 그건 알고 있소. 버트람 공, 그대 선친의 주치의가 죽은 지 70
는 얼마나 되오? 아주 유명한 의사였는데.

버트람 여섯 달 정도 되었습니다, 각하.

왕 만일 그가 살아있다면 그의 치료를 받아보고 싶은데 ─ 자 날 좀
부축해주오 ─ 많은 의사들이 나에게 각자 특별한 치료를 시도했
으나 늙고 병이 위중하여 아무 소용이 없소. 버트람 공, 내 아들
과 다름이 없으니 진심으로 반갑소. 75

버트람 성은이 망극 하옵니다, 폐하. [나팔 소리와 함께 퇴장. 요란한 나팔소리]

3장

로시용. 백작의 궁전

백작부인, 집사, 광대 등장.

백작부인 그 아이에 대해서 할 말이 있다고요? 어디 해보시오.

집사 저는 지금까지 마님의 뜻을 받들어 모시는 데에 최선을 다해왔습
5 니다. 남들이 듣도록 그런 공치사를 하면 겸손하지 못하다고 해
서 그동안 쌓은 공덕이 훼손되겠지만 말씀입니다.[7]

백작부인 아니 이 인간은 왜 따라왔나? 어서 가. 너에 대해 안 좋은 이야
기들이 들리던데, 다 믿지는 않지만 말이야. 내가 너그러워서 그
10 런 줄 알아라. 네가 어리석은 데다가 나쁜 기질을 갖고 있어 그런
짓을 저지르고도 남을 위인이지.

광대 제가 빈털터리라는 걸 마님께서 잘 알고 계시지요.

백작부인 그래서?

15 **광대** 부자이면서도 불행한 사람이 많긴 하지만 저는 가난해서 힘듭니
다. 마님의 후의로 결혼을 허락하신다면 제가 이사벨과 해보고
싶어요.[8]

백작부인 거지가 될 필요가 있을까?

---

7. 집사는 의미 없는 말들을 나열하면서 백작부인이 광대를 물리치고 독대하기를 기다
리고 있는 듯하다.
8. 해보고 싶다는 말은 성적인 의미를 담고 있다.

광대　그래서 이 일에는 마님의 도움이 꼭 필요합니다.

백작부인　이 일이라니?　20

광대　소인과 이사벨의 일 말입니다. 천한 신분에 비빌 언덕이 있겠습니까. 자식이 곧 축복이라고들 하니까 결혼해서 아이를 만들어 신의 축복이나 받아보고 싶습니다.

백작부인　결혼하고 싶은 이유를 말해봐.　25

광대　마님, 제 몸이 간절히 원한답니다. 제 살덩이에 휘둘리고 있어요. 악마가 끄는 거라 해도 따라 갈 수밖에 없는 형편입니다.

백작부인　그게 다야?

광대　그렇습니다. 다른 신성한 이유들도 좀 있기는 합니다만.　30

백작부인　그 다른 이유들도 좀 말씀해보시지?

광대　마님이나 다른 모든 사람들처럼 저도 사악한 인간입니다. 그래서 결혼하고 회개하려고 하는 것입니다.　35

백작부인　죄를 회개하기도 전에 결혼한 것을 후회하게 될 걸?

광대　저는 친구가 없사옵니다. 그래서 마누라를 위해서 친구를 가지고 싶습니다.

백작부인　그런 친구는 적이지.

광대　마님께서는 진짜 친구가 무언지 모르시는 겁니다. 제가 피곤할 　40 때에 와서 저 대신 일을 해주는 걸요. 제 마소를 부릴 필요도 없이 제 밭을 경작해주고 그 곡식들을 수확까지 해준답니다. 제 아내랑 바람을 피우면 제 힘든 일을 대신해주는 셈이니까요. 제 아내를 기쁘게 해주는 것은 곧 제 몸뚱어리를 즐겁게 해주는 것이　45 고, 제 몸뚱어리를 즐겁게 해주는 것은 저를 사랑하는 것이고, 저

를 사랑하는 이는 제 친구이지 않겠습니까. 즉, 제 아내에게 키스

하는 자는 제 친구라, 이 말씀입니다. 아내가 바람피워도 괜찮다

50　　　는 사람들은 결혼을 두려워하지 않지요. 젊은 청교도나 늙은 천

주교인이나 종교는 서로 다를지 몰라도 생각하는 것은 무리지어

뛰어다니는 사슴들처럼 다 똑같습니다.

55 **백작부인**　넌 그렇게 지독한 악담을 앞으로도 계속할 생각이냐?

　　광대　저는 선지자랍니다. 진리는 이렇답니다.

　　　　　인간들이 다 옳다고 인정한 내용을

　　　　　다시 노래 부르네.

60　　　　결혼은 운명이라네

　　　　　뻐꾸기가 지저귀는 것도 같은 이치라네

　백작부인　이제 그만 가봐, 네 일은 다음에 따로 이야기하지.

　　집사　저 사람더러 헬레나를 불러오라고 시키시면 어떨까요? 아가씨에

　　　　　대한 이야기이니까요.

65 **백작부인**　헬레나더러 내가 찾는다고 전해다오.

　　광대　바로 이 아름다운 얼굴 때문이었던가?

　　　　　그리스인들이 트로이를 함락한 것이, 하고 그녀가 탄식했지.

　　　　　참으로 어리석은 일이로고,

70　　　　프리암 왕의 총애를 한 몸에 받았다니?

　　　　　그러고는 그녀는 한숨지으며 서 있었지.

　　　　　그러고는 그녀는 한숨지으며 서 있었지.

　　　　　마침내 이렇게 말했지.

75　　　　아홉이 나쁘고 하나가 좋으면,

아홉이 나쁘고 하나가 좋으면,

그래도 열 중에 하나는 좋은 거라고.[9]

백작부인 열 중에 하나가 좋다고? 쯧, 쯧, 노래를 망치고 있구나.[10]

광대 열 여자 중에 좋은 여자가 한 명이라고 하면 그 노래를 승격시킨

겁니다. 제발 하나님께서 일 년 내내 그렇게만 저희를 보살펴 주 80

시면 감사하겠습니다요. 제가 목사라면 십일조처럼 여자 열 명

중에서 한 명만 착해도 만족할 테니까요. 별이 하나 떨어질 때마

다, 아님 지진이 한 번 일어날 때마다 착한 여자가 하나씩 태어나

는 정도이니까, 열 중 하나라면 확률이 엄청 높은 복권이지요. 남

자들은 당첨되기 전에 이미 심장이 망가져버린답니다. 85

백작부인 냉큼 가서 시키는 대로 하지 못하겠느냐?

광대 남자가 여자의 명령에 따른다고 해 될 건 없겠지요. 청교도가 순

결을 요구하지 않지만, 순결하다고 해가 되지 않는 것과 마찬가 90

지에요. 그들은 겸손을 의미하는 하얀 백의를 걸치고 있지만 그

아래에는 거만함을 나타내는 검은 가운이 있거든요.[11] 저는 이제

가서 헬레나 아가씨를 이리 가보라고 말하겠습니다. [퇴장]

---

9. 그녀는 트로이의 왕인 프리암의 아내인 헤쿠바(Hecuba)를 의미한다.

10. 원래는 열 아들 중에서 아홉이 착해도 말썽꾸러기인 아들이 하나 있으면 여전히
부모의 속을 썩이는 내용이다. 프리암의 열 자녀들 중 하나인 패리스 왕자를 지
칭하고 있다. 따라서 백작부인은 광대가 가사 내용을 바꾸어 부르고 있다고 지적
하고 있다.

11. 검은 가운은 청교도 복장. 그 위에 백의를 걸침으로써 법질서에 순종하는 것처럼
가장하고 있지만 그 안에는 독립하고 싶은 그들의 오만함을 여전히 간직하고 있다
는 뜻으로 보인다. 따라서 광대가 신분 높은 백작부인에게 순종하고 있지만 남자
로서의 자존심은 여전히 가지고 있다고 스스로를 위안하는 말이다.

백작부인 이제 말해 보아라.

집사 마님께서 그 아가씨를 특별히 총애하고 계신다는 것을 잘 알고 있습니다.

백작부인 그건 맞는 말이요. 그 애의 선친이 그 애를 나에게 맡기셨는데 사랑을 받을 만해. 들어가는 경비보다도 더 많은 이익을 내고 있어. 그 애가 요구하는 가격보다 훨씬 값어치가 있거든.

집사 마님, 최근에 우연히 아가씨 혼자서 큰소리로 자문자답하는 것을 바로 곁에서 들은 적이 있었답니다. 듣는 이가 있으리라고는 생각도 못 했을 거에요. 바로 젊은 백작님을 사랑하고 있다는 거였어요. 운명은 결코 여신이 아니라고 하더군요, 두 사람의 신분에 그처럼 먼 거리를 두었기 때문이래요. 사랑은 결코 신이 아니라고도 했어요. 두 사람의 신분이 같은 경우에만 힘을 미치기 때문이래요. 다이아나는 처녀들을 위한 여왕이 아니라고도 했어요. 위기에 빠진 부하 기사를 위해 먼저 달려들어 구한 다음 뒤이어 몸값을 치러 구해주지 않기 때문이랍니다. 저는 지금까지 처녀가 이처럼 구슬프게 이야기하는 것을 들어본 적이 없어서 얼른 마님께 알려드리는 것이 좋겠다고 생각했습니다. 혹시나 무슨 일이 생길지 모르니까 마님께서 알고 계셔야 할 것 같아서입니다.

백작부인 있는 그대로를 말해주는구나. 이 사실을 다른 데에 옮기지 마라. 예전부터 낌새는 알아챘지만 긴가민가하고 있던 중이었다. 이제 물러가라. 비밀을 지켜. 고맙다. 조만간에 다시 상의하겠다.

[집사 퇴장]

헬레나 등장.

백작부인 내가 젊었을 때에도 이랬었는데. 자연의 섭리를 거스를 수는
없지. 젊음이라는 장미에는 응당 가시가 달려있듯이 우리에게 피 125
가 흐르는 건 자연스런 이치야. 젊은이들이 불타는 사랑의 정열
을 느끼는 것은 자연스런 섭리의 징표야. 돌이켜보면 어리석은
일이지만 당시에는 그런 걸 모르지. 이 애의 눈이 퉁퉁 부어있네, 130
왜 그런지 짐작이 가는군.

헬레나 마님, 부르셨나요?

백작부인 헬레나야, 나는 네 어머니나 마찬가지야.

헬레나 제가 존경해 마지않는 여주인이십니다.

백작부인 아니야, 어머니라니까. 왜 그러느냐? 내가 "어머니"라는 말을 135
하니까 마치 뱀을 본 것 같은 표정을 짓는구나. 나는 네 어머니가
맞다. 내 뱃속에서 낳은 친자식들과 똑같이 여기고 있으니까. 양
자가 친자처럼 잘 자라는 일이 흔히 있지 않니. 접지한 나뭇가지 140
가 이사 온 나무에서도 잘 자라듯이 말이야. 내가 널 직접 배 아
파 가며 낳지는 않았지만 친모 이상으로 돌보고 있다. 맙소사, 그
런데도 내가 너의 어미라고 하니까 소름이 돋느냐? 어찌된 일이 145
냐? 내 딸이라고 하니까 네 눈가에 영롱한 무지개 같은 눈물이
고였지 않느냐?

헬레나 사실이 그러하지 않기 때문입니다.

백작부인 내가 네 어미라고 하는데도 말이냐.

헬레나 죄송합니다. 젊은 백작께서 제 오라버니가 될 수 없습니다. 저는 150

신분이 낮고, 백작님은 너무 높으시기 때문입니다. 제 부모는 보잘 것 없고, 백작님은 높은 가문 출신이니까요. 제 주인이시고 영주이시지요. 저는 그분의 하인으로 살다가 신하로서 죽겠지요. 제 오라버니가 된다는 건 있을 수 없는 일입니다.

155 **백작부인** 내가 네 어미가 되는 것도 있을 수 없다는 말이냐?

헬레나 마님께서는 제 어머니이십니다. 마님의 아드님께서 제 오라버니가 아니면서 마님이 제 어머님이 되실 수 있다면요. 만일 오누이 관계가 아니면서도 아드님과 저에게 동시에 어머니가 되어주실 160 수 있다면 천당에 가는 것만큼이나 기쁠 것이옵니다. 그렇게 될 수 있는 방법이 없겠지요?

백작부인 물론 있지, 네가 내 며느리가 되면 가능하지. 가능하고 말고. 모녀 사이가 되는 것을 걱정하는 이유가 그것이었구나. 또 얼굴 165 이 새파래지는구나. 네가 사랑에 빠진 것 같다는 추측을 했었지. 네가 외로워하는 이유, 눈물을 흘리는 이유를 이제 알겠어. 내 아들을 사랑하고 있다는 것이 자명해졌구나. 아니라고 거짓말로 둘러대려고 하지마라. 네 얼굴에 이미 쓰여 있으니까. 나에게 다 털 170 어놓으렴. 너의 두 뺨이 이실직고를 하고 있어. 너의 눈과 행동도 속마음을 그대로 보여주고 있어. 죄와 고집 때문이 아니고서야 너의 혀를 붙들어 매어 진심을 의심받을 필요가 없지. 어떠냐? 그 175 렇다면 미궁에서 빠져나갈 실꾸러미를 가진 셈이지. 아님, 아니라고 말해봐. 나에게 진실을 이야기하면 하늘이 나를 도와 너를 위해 좋은 방향으로 이끌 것이다.

180 **헬레나** 저를 용서해주세요.

백작부인 내 아들을 사랑하는 게 맞지?

헬레나 저를 용서해주세요, 마님.

백작부인 내 아들을 사랑하느냐?

헬레나 마님께서는 아드님을 사랑하시는지요?

백작부인 딴 이야기로 돌리지 말고. 내가 내 아들을 사랑하는 거야 당연   185
한 이치이지. 자, 어서 네 속마음을 털어놓아. 너는 아니라고 해
도, 이미 네 열정이 본색을 드러내고 있으니까.

헬레나 그렇다면 이 자리에서 무릎을 꿇은 채로 먼저 마님께 그리고 하
늘을 향하여 말씀드리겠습니다. 마님의 아드님을 사랑하고 있습
니다. 제 집안은 가난하지만 정직하게 살아왔습니다. 저의 사랑   190
도 마찬가지입니다. 기분 나쁘게 생각하지 마세요. 제 사랑을 받
으시는 것이 해가 되지 않을 것이니까요. 주제넘게 치근대지 않
을 것입니다. 제가 그분에 어울리는 자격을 갖추기 전에는 감히
넘보지 않겠습니다. 어떻게 해야 하는지는 아직 모르지만요. 주   195
제넘은 사랑을 하고 있어서 희망이 없다는 것을 잘 알고 있습니
다. 하지만 저는 붓는 대로 다 새어버리는 무한 용량의 체에다 사
랑을 붓고 또 붓습니다. 마치 태양을 숭배하는 인디언처럼 아드
님을 숭배합니다.[12] 하지만 태양은 그 숭배자가 누구인지 보아도   200
모르지요. 존경하는 마님, 애지중지하시는 아드님을 사랑한다고
저를 미워하지 말아주세요. 마님의 명성으로 짐작컨대 젊으셨을

---

12. 여기에서 인디언은 서인도 제도 원주민 혹은 아메리카 원주민을 의미하고 있는 듯
하며, "태양을 숭배하는 인디언"은 기독교인을 제외한 이교도들을 통칭하는 것으
로 이해할 수 있다.

²⁰⁵ 때에도 아주 정숙하셨으리라 믿습니다만, 혹시 사랑의 불길에 휩싸여 정절과 사랑이 하나가 되도록 순결하게 염원하고 뜨겁게 사랑하셨던 적이 없으신가요? 혹 있으셨다면 이룰 수 없는 사랑에
²¹⁰ 전념할 수밖에 없는 저를 불쌍히 여겨주소서. 원하는 것을 구하러 나서지도 못하고 그저 잠자코 있다가 죽어가야 하니까요.

백작부인 요 근래에 파리로 갈 생각을 하고 있었지? 사실대로 말해봐.

헬레나 네, 그렇습니다.

백작부인 그 이유가 뭐지?

²¹⁵ **헬레나** 사실대로 남김없이 말씀드리겠습니다. 제 아버지께서 처방전을 저에게 남기셨지요. 연구와 여러 차례의 실험을 통해서 특효가 입증된 만병통치약입니다. 저에게 소중히 간직하였다가 긴급한 상황에만 쓸 것을 당부하셨습니다. 처방전에 쓰인 것 이상으로
²²⁰ 광범위한 효험을 발휘할 거라고 하시면서요. 그 안에는 국왕폐하께서 치료를 포기하신 난치병에 관한 처방이 포함되어 있답니다.

²²⁵ **백작부인** 그 때문에 파리로 가고 싶다는 거냐?

헬레나 모든 게 아드님 때문이랍니다. 그렇지 않다면 파리나 특효약이나 국왕폐하에 대해 미처 생각하지 못했을 것입니다.

²³⁰ **백작부인** 헬레나야, 네가 치료해드리겠다고 한들 폐하께서 그 제안을 받아들이실까? 폐하와 어의들 같은 생각을 하고 계시거든. 폐하께서는 어의들의 치료가 소용없다고 생각하시고, 어의들은 아무리 애써도 치료할 수 없다고 생각하고 있어. 모든 의술을 총동원하
²³⁵ 고도 포기한 터에 무지한 처자의 말을 신뢰할까?

헬레나 명의라고 인정받던 제 아버지의 의술 외에 더한 것이 있습니다.

가장 운 좋은 별이 하늘에서 제가 받은 유산을 축성해줄 테니까 240
요. 떠나는 것을 허가해주신다면 제 목숨을 걸고 폐하의 병환을
치료해보고 싶습니다.

백작부인 자신이 있느냐?

헬레나 어떻게 할지 잘 알고 있습니다. 245

백작부인 헬레나야, 내가 허락하노니 떠나거라. 비용과 수행원을 대주
마. 왕궁에 가서 내 친지들에게 안부를 전해다오. 나는 집에서 너
의 모험이 성공하도록 축복을 내려주시기를 신께 기도하마. 내일
떠나라. 그리고 명심해라, 필요할 때는 언제든지 내가 도와줄 것 250
이라는 걸. [퇴장]

2막

1장

파리. 왕궁

화려한 나팔소리와 함께 왕이 등장. 플로렌스 전쟁에 출정하기 전에 하직인사를 하러 온 젊은 귀족들도 함께 등장. 버트람과 파롤스, 그 외에 수행원들이 등장.

왕 젊은 친구들이여, 잘 다녀오시오. 내가 알려준 전술을 명심하오. 어느 편에 서서 싸우든지 나의 가르침을 널리 사이좋게 공유하면 할수록 서로에게 득이 될 것이오.

귀족 1 많은 전공을 쌓고 돌아와서 건강을 회복하신 용안을 뵙는 것이 저희의 소원입니다.

왕 아니야, 그러기는 어려울 듯하오. 나의 가슴은 나의 생명을 함락시킬 질환이라는 것을 아직 받아들이지 못하고 있지만 말이오. 잘 다녀오시오. 나의 생사에 관계없이 그대들은 프랑스의 건아들이오. 지난 왕조부터 몰락을 계속하고 있는 북 이태리에게 명예를 구걸하러 온 것이 아니고 정정당당하게 명예를 보여주러 왔음을 보여주시오. 용맹한 자들도 뒷걸음칠 때에 용감하게 전진하여 화려한 명성을 떨치시오. 부디 잘 다녀오시오.

귀족 1 폐하께서 하루 빨리 건강을 되찾으시길 기원합니다.

왕 이태리에 가면 여자들을 조심해야 하오.[13] 우리 프랑스어에는 여

---

13. 셰익스피어 시대의 영국에는 이태리 창녀들의 매력에 대한 명성이 자자했다고 함.

자들의 유혹을 거절하는 의미를 가진 단어가 없다는 말이 있지 20
않소. 전쟁에 참전하기도 전에 포로가 되는 일이 없도록 조심하
시오.[14]

귀족 1과 2 명심하겠나이다.

왕 잘 가시오. [수행원들에게] 가까이 와서 나를 부축하라. [퇴장]

귀족 1 궁에 남아 계시다니오!

파롤스 우리 주인님 잘못이 아닙니다.

귀족 2 아주 신나는 전쟁인데요! 25

파롤스 그렇지요. 저도 그런 전쟁을 몇 번 경험했습니다.

버트람 저는 여기 머무르라는 명령을 받았습니다. "너무 어려," "내년에
나," "아직은 너무 일러"라는 말과 함께요.

파롤스 꼭 가고 싶으시다면 용감하게 도망치시지요.

버트람 난 여기에 남아서 여자가 끄는 마차의 앞말처럼 매끄러운 자갈길 30
을 소리 내며 달리는 신세가 되겠지. 다른 이들이 명예를 획득하
는 동안에, 내 칼은 기껏해야 무도회의 장식용이 될 처지라니. 나
도 살그머니 달아나야겠어!

귀족 1 그렇게 하셔도 명예가 손상되지는 않을 겁니다.

파롤스 감행하시지요, 백작님.

귀족 2 저도 뒤에서 도와드리겠습니다. 그럼 이만. 35

버트람 그대의 절친으로서, 작별이 마치 내 사지를 찢는 듯하오.

귀족 1 잘 계시오.

귀족 2 멋진 파롤스 씨, 안녕!

---

14. 이태리 여자들의 매력에 빠지지 말라는 뜻임.

파롤스 고귀한 용사들이여, 나의 칼과 그대의 것들과 같아요. 불꽃을 튀
기며 번쩍번쩍 빛나고, 기상으로 충만하답니다. 스피나이 부대에
서 캡틴 스퓨리오를 혹 만나실지 몰라요.[15] 그자의 무시무시한 뺨
에 흉터가 있는데요, 바로 제 칼이 그렇게 만들었지요. 혹 보시거
든 제가 살아있다고 전해주시고 그자가 저에 대해 뭐라고 말하는
지 들어주십쇼.

귀족 1 그렇게 하겠소. [귀족들 퇴장]

파롤스 신참 용사들에게 군신의 가호가 있기를 빕니다.

[버트람에게] 이제 어떡하실 건가요?

버트람 폐하를 모셔야지.

파롤스 저 귀족들에게 좀 더 공손하게 대하세요. 그렇게 차갑게 하시지
말고 좀 더 살갑게 하셔야 해요. 최신식 멋쟁이들이니까요. 가장
인기 있는 별의 영향을 받으며 거칠 것 없이 먹고 말하고 행동한
답니다. 악마가 앞장서고 있다 해도 따라가야 합니다. 얼른 쫓아
가서 좀 더 그럴듯한 작별인사를 나누세요.

버트람 그렇게 하리다.

파롤스 대단한 분들이지요, 훌륭한 검투사가 될 것입니다.

[버트람과 파롤스 퇴장]

라퓨 등장. 왕이 무대 앞으로 나온다.

라퓨 [무릎을 꿇으면서] 감히 한 말씀 올리고자 합니다.

---

15. 스퓨리오(Spurio)라는 단어는 사기꾼이라는 뜻을 포함하고 있음. 따라서 파롤스의
말에 별로 신뢰성이 없음을 나타내고 있음.

왕 서서 말하시오.

라퓨 네, 양해해주신 대로 서겠나이다. 폐하께서 저에게 무릎 꿇고 소청하시다가 저의 명에 따라 일어서실 수 있기를 간절히 바라옵나이다.

왕 나도 그럴 수 있다면 정말 좋겠소. 내가 그대의 정수리를 후려치고 용서를 구할 수 있다면. 65

라퓨 잘못 치셨습니다, 폐하. 제가 드릴 말씀은, 혹시 병환을 고치실 생각이 있으신지 여쭙고자 합니다만.

왕 아니, 없소.

라퓨 여우 폐하께서 포도를 드시지 않으시겠다는 말씀이옵니까?[16] 여우 폐하께서 손을 내미시면 제가 드리는 포도를 드실 수 있습니다. 제가 명약을 발견했나이다. 돌에게 생명을 불어 넣고, 바위도 살아 움직이게 하고, 폐하께서 생기발랄한 춤을 추실 수 있게 하는 약입니다. 살짝 닿기만 해도 피펜 왕을 벌떡 일으켜 세울 수 75 있으며 샤를맹 대제에게 펜을 쥐어주면 바로 그녀에게 연가를 지어 바칠 수 있습니다.[17] 70

왕 그녀라니?

라퓨 여의사이니까요! 막 도착했으니 한 번 만나보시겠습니까. 가벼운

---

16. 이솝 우화에서 여우는 자기가 따기에 너무 높은 곳에 열린 포도를 보고 어차피 맛이 실테니까 따지 않겠다고 포기하고 돌아선다. 이 우화에 빗대어서, 라퓨는 왕이 어차피 낫지 못할 병이므로 치료를 포기하는 걸로 표현하고 있다.

17. 피펜 왕은 741년부터 768년까지 프랑스를 지배한 페팽(Pepin) 왕을 당시 영국에서 부르던 호칭이다. 또한 샤를맹은 피펜의 장자로서 피펜의 뒤를 이어 프랑스를 지배한 샤를르 대제를 지칭한다. 그는 문학과 책을 애호하고 장려했다고 한다.

농담 형식을 빌려 제 생각을 진지하게 말씀드립니다. 비록 여자
이고 어리지만 강한 목적 의식과 지혜로움과 일관성이 있어서 찬
탄을 금할 수 없었습니다. 폐하를 뵙고 싶어 하니 한 번 보시고
연유를 알아보시겠나이까? 그 이후에 저를 나무라셔도 좋습니다.

왕 자, 친애하는 라퓨 경, 그 경이로운 자를 이리로 데려오시오. 내
가 그대처럼 놀라든지 아니면 그대가 속아 넘어간 데에 내가 놀
라든지 둘 중의 하나일 터이니.

라퓨 아마도 마음에 쏙 드실 것입니다. 금방 아시게 될 것입니다. [라퓨
가 문으로 간다.]

왕 저이는 늘 아무것도 아닌 걸 대단한 것인 양 소개한단 말씀이야.

라퓨 자 이리 오시오.

헬레나 등장.

왕 빠르기도 해라.

라퓨 자 이리로. 국왕폐하이시오. 폐하께 말씀드리시오. 반역자처럼 보
이는데, 폐하께서는 반역자를 두려워하지 않으신다오. 나는 크레
시드의 삼촌처럼 두 분을 남겨두고 나가겠습니다. 그럼 이만 물
러갑니다.[18] [퇴장]

---

18. 크레시드의 삼촌은 판다루스(Pandarus)를 지칭함. 호머의 『일리어드』에서 판다루
스는 유명한 궁수이며 트로이 전쟁에서 트로이 편에서 싸우며 메넬라우스에게 상
처를 입힌다. 그 뒤 보카치오의 작품인 *Il Filostrato*에서 판다루스는 그의 사촌인 크
리세이드(Criseyde)와 트로이 왕자이자 패리스 왕자의 동생인 트로일러스(Troilus)
사이를 맺어주는 중매인 역할을 한다. 초서의 작품인 *Troilus and Criseyde*에서도 크

왕 자 그대가 하고자 하는 일이 나와 관계가 있는가?

헬레나 네, 폐하. 제 선친이 제라드 드 나본입니다. 저명한 의사이셨습니 100
다.

왕 나도 알고 있지.

헬레나 그러시다면 제 아버지에 대한 말씀은 생략하겠나이다. 제 아버지
를 아시는 것만으로도 충분할 테니까요. 임종하시기 전에 저에게
많은 처방법을 남겨주셨습니다. 특히 의료활동을 하시면서 터득 105
하신 가장 귀중한 처방이 하나 있는데, 마치 저의 두 눈보다 더
중요한 세 번째 눈인 것처럼 안전하게 간직하라고 하셨습니다.
저는 그 말씀을 잘 지키고 있습니다. 그런데 폐하께서 중한 병에
걸리셨다는 말씀을 듣고 제 선친께서 물려주신 비방으로 고쳐드 110
릴 수 있을 것 같아 이렇게 자청하여 왔사옵니다. 엎드려 청하옵
나이다.

왕 고맙구나. 그런데 치유할 수 있다는 말이 자못 의심스럽구나. 짐
의 가장 저명한 어의들이 포기하였고 왕립 의사회에서 아무리 의
술을 발휘한들 자연의 섭리를 거슬러 회복시킬 수 없다는 결론을 115
내린 상황이란다. 회복 불가능한 병환을 돌팔이 의사에게 맡기어
서 나의 판단력을 흐리게 하고 내 희망을 욕되게 하고 싶지 않구
나. 이미 손 쓸 수 없는 상황에서 무분별하게 도움을 구하고 실험
대상이 되어 나의 자존감과 명예에 흠을 내고 싶지 않구나. 120

헬레나 그러하시다면 저의 수고는 신하의 도리를 다 함으로써 보상받았

리세이드의 삼촌으로 등장하여 같은 역할을 한다. 셰익스피어도 *Troilus and
Criseyde*라는 작품을 썼는데 판다루스는 여전히 방탕한 중매인으로 등장한다.

다고 생각하겠습니다. 더 이상 폐하께 제 치료를 받으시라고 강
요하지 않겠나이다. 폐하께서 재고해보시고 미천한 저를 다시 불
러주시기를 감히 바랄 뿐입니다.

왕 너에게 진실로 감사하는 마음이란다. 나를 도와주려하다니, 임종
이 임박한 자가 더 살기를 기원해주는 사람들에게 고마워하듯이
너에게 고맙구나. 하지만 나야 나의 위중한 병세를 잘 알고 있지
만 너는 전혀 모르지 않느냐.

헬레나 이미 회복의 가능성을 포기하셨다 하니 제가 한 번 시도해본들
해될 것은 없지 않사옵니까? 위대한 업적을 이루는 자도 미천한
자들의 도움에 의해 가능했다고들 합니다. 성경 말씀에도 어린이
들이 심판관일 때에 가장 훌륭한 심판을 내렸다고 하였습니다.
또한 거대한 홍수도 그 기원은 작은 샘물이며, 제왕이 기적을 부
인하였을 때에 거대한 바다가 말라버렸다고 하였습니다. 가장 확
실할 것 같은 때에 기대가 실망이 되고, 희망 없이 절망이 가득한
상황이 역전되는 일이 종종 있지 않사옵니까.

왕 그만 듣고 싶구나. 잘 가오, 젊은 처자여. 그대의 수고가 헛되게
되었구나. 고맙기는 하지만 보상이 없구나.

헬레나 하느님의 영험이 인간의 숨결에 의해서 막히는군요. 전지전능하
신 하느님은 우리 인간들처럼 겉만 보고 속단하시지는 않습니다.
하늘의 도우심을 인간의 행위로 생각하는 것이 가장 잘못된 일입
니다. 폐하, 제가 노력해볼 수 있도록 윤허를 내려주소서. 저를
시험하지 마시고 하늘을 시험하시옵소서. 제가 해보기도 전에 해
낼 수 있다고 자신한다 해서 저를 사기꾼으로 보지 마옵소서. 저

는 제 의술로 폐하를 고칠 수 있다고 확신하옵나이다. 틀림없이 폐하의 병을 고칠 수 있습니다.

왕 그처럼 자신만만한가? 나의 병을 낫게 하는 데에 얼마나 걸리겠느냐?

헬레나 하느님의 은총을 빌어서 태양이 끄는 말들이 번쩍거리는 마차를 끌고 돌아 하루를 만들기를 두 번 끝내기 전에, 촉촉한 헤스페루 160 스[19]가 두터운 어둠과 일몰의 안개 속에서 졸고 있는 등불 끄는 일을 두 번 끝내기 전에, 뱃사람의 시계가 슬금슬금 도망치는 시 간에게 알려주는 일을 스물네 번 반복하기 전에, 폐하의 질병은 165 건강해진 옥체를 떠나고, 쾌차하시게 될 것이옵니다.

왕 너의 확신과 자신감에 무엇을 걸겠는가?

헬레나 세간에 창녀처럼 뻔뻔스럽고 건방지다는 비방을 달게 받겠나이 다. 모든 명예를 다 잃을 뿐 아니라 화형으로 제 목숨을 잃어도 170 좋습니다.

왕 마치 어떤 축복의 정령이 약한 소리를 내는 오르간을 통해서 강 한 음을 표현하는 듯하구나. 네 말이 설득력을 가지고는 있으나 상식적이지는 않아. 네 목숨은 소중한 거란다. 인생을 소중하게 175 만드는 모든 것들에 의해서 네가 풍요로워지는 법이니. 젊음, 아 름다움, 지혜, 용기―청춘을 행복하게 만드는 것들을 내걸다니, 너는 아주 뛰어난 의술을 가지고 있거나 그렇지 않으면 매우 기 180 괴한 성향을 가지고 있는 듯하구나. 나이 어린 의사님, 내가 그대 의 의술을 시험해보겠노라, 내가 죽게 되면 그대 역시 목숨을 잃

---

19. 헤스페루스: 비너스, 즉 금성을 의미함.

　게 될 것이다.

헬레나 제가 약속드린 시일을 어기거나 약속드린 내용을 이행하지 못할 경우에는 가엾다 마시고 저를 죽이소서. 이미 각오가 되어 있습니다. 폐하께서 낫지 못하시면 죽음으로 대가를 치르겠나이다. 하지만 만일 제 치료가 성공하면 저에게 무엇을 약속하시겠나이까?

왕　원하는 것을 말해 보아라.

190 **헬레나** 저에게 합당한 보상을 하시겠습니까?

왕　나의 왕권과 완치를 향한 간절한 희망을 걸고 그리 하겠다.

헬레나 그러하시다면 폐하의 명으로 제가 원하는 배필과 짝을 지어주십
195　시오. 주제넘게 폐하의 아드님이나 왕족을 택하여 부귀영화를 누리자는 것이 아닙니다. 폐하의 신하 중에서 제가 요구해도 무리가 없을, 그리고 폐하께서도 허락하실 만한 사람입니다.

200 **왕**　자, 내 손을 잡아라. 그 요구를 받아들이겠다. 네가 나에게 약속한 일이 행해진다면. 네가 좋을 대로 시간을 정하라, 나는 너에게 치료를 맡기기로 결심한 환자이니 너의 뜻을 따르겠노라. 너에 대해 좀 더 물어보았어야 하는지도 모르겠다. 많이 알수록 신뢰
205　가 두터워지는 것은 아니지만. 네 출신이 무엇이며 어떻게 자라왔는지 등등. 하지만 더 이상 묻지 않고 환영하며 무조건적인 축복을 내리겠다. 나를 부축해다오. 네가 자신하는 대로 이루어진다면 그에 합당한 보상을 내리겠노라. [나팔소리. 모두 퇴장.]

2장

루시옹. 백작의 궁전

백작부인과 광대 등장.

백작부인 내가 너의 예의범절이 어느 정도인지 시험해보겠노라.

광대 저는 잘 먹고 못 배웠다는 걸 보여드리겠습니다. 기껏 왕궁으로 가라는 심부름이란 걸 이미 알고 있답니다.

백작부인 기껏 왕궁으로라니! 그처럼 대수롭지 않게 말하다니, 네가 대 5 단하게 생각하는 곳은 대체 어디냐?

광대 하느님이 인간에게 예의범절을 빌려주셨다면 인간이 그걸 왕궁에서 써먹는 건 일도 아니지요. 다리를 굽히고 모자를 벗어 인사하고 손에 입을 맞추는 일을 하지 못하는 인간이 어디 있나요. 다 10 리, 손, 입, 모자 등을 가지지 못한 인간이라면 모르지만요. 그런 인간은 왕궁에 적합하지 않습니다. 저로 말할 것 같으면, 모든 질문에 답할 수 있는 대답을 가지고 있답니다.

백작부인 모든 질문에 다 들어맞는 대답이라니, 신통하구나. 15

광대 모든 엉덩이에게 다 맞는 이발소 의자와 같은 것이옵니다. 핀처럼 튀어나온 엉덩이, 뚱뚱한 엉덩이, 근육질 엉덩이, 그 외의 경우에도 다 맞는 의자 말씀입니다.

백작부인 네 대답은 모든 질문에 답이 될 수 있다는 거지?

광대   변호사에게 쥐어 줄 십 그로우트,[20] 야한 옷을 입은 창녀에게 줄

프랑스 금화, 시골뜨기 남녀가 희롱하며 주고받는 골풀 가락지,

쉬로브 화요일에 먹을 팬케이크,[21] 메이데이의 모리스 댄스,[22] 구

멍에 꼭 맞는 못, 오쟁이 진 남편에게 맞는 뿔, 껄떡대는 사내에

게 맞는 매춘부, 수사의 입에 맞는 수녀의 입술처럼 딱 들어맞는

걸요. 창자에 소시지 속을 넣는 것처럼 말입니다.

백작부인   그처럼 모든 경우에 다 들어맞는 답을 가지고 있다 이거지?

광대   공작님부터 순찰관에 이르기까지 다 들어맞습니다요.

백작부인   모든 질문에 다 들어맞으려면 그 대답의 크기가 엄청나겠구나.

광대   진실을 말씀드리자면 아주 작아요. 바로 이건데요. 모든 것에 다

먹힌다니까요. 저에게 궁정의 대신이냐고 물어봐 주세요. 알아두

셔서 해될 건 없으니까요.

백작부인   다시 젊어질 수 있다면 얼마나 좋을까. 네 대답으로 더 현명해

질 수 있을까 기대하며 질문하는 내가 바보겠지. 그대는 궁정 대

신이오?

광대   아, 네![23] 이렇게 간단하게 떠넘기는 겁니다. 더 많이 해보세요.

---

20. 옛 영국의 4펜스짜리 은화를 일 그로우트라고 함. 십 그로우트는 당시 일반적인 변
호사 비용이었다고 함.

21. 쉬로브 화요일: 성회 수요일(Ash Wednesday) 바로 전날을 가리킴. 성회 수요일은
사순절의 첫날로서, 옛날 이 날에 참회자 머리 위에 재를 뿌린 습관에서 재의 수요
일(성회 수요일)로 부르게 되었다 함(그날 팬케이크를 먹으면서 축하하는 풍습이
있음).

22. 메이데이: 5월 1일에 벌어지는 5월제
모리스 댄스: 전설상의 남자 주인공을 가장한 무도의 일종.

23. "아, 네!"의 원문은 "O Lord, sir!"이다. 이는 대화가 끊기거나 어색한 질문에 답해

백작부인 나는 그대를 사랑하는 가여운 친구랍니다.

광대 아, 네! 틈 주지 말고 계속하세요. 전 괜찮으니까요.

백작부인 이런 천한 음식을 잡수시지는 못하겠지요.

광대 아, 네! 더 빨리 계속하시라니까요. 45

백작부인 요 근래에 매 맞는 형벌을 받으셨다지요.

광대 아, 네! 계속하세요.

백작부인 매를 맞으면서 "아, 네!" "계속하세요"라고 말한다고? 매 맞은
뒤에 "아, 네!"라는 말이 잘도 나오겠다. 매 맞는 형틀에 묶여서 50
그 답이 입에서 잘도 나오겠어.

광대 "아, 네!"라는 답 때문에 이렇게 낭패 보기도 처음입니다요. 여러
번 써먹을 수는 있지만 영원히 써먹을 수는 없다는 이치를 알 것
같습니다.

백작부인 귀족 부인의 신분으로 이렇게 광대와 농담을 나누며 시간을
보내다니, 원 참. 55

광대 아, 네! 요번엔 잘 맞아떨어지는 답인데요.

백작부인 그만하려무나. 본론으로 돌아가서, 이 편지를 헬레나에게 전해
주고 바로 답을 받아오너라. 내 아들과 친척들에게도 안부 전하
고. 별 거 아니지. 60

광대 별 거 아닌 안부를 전하라굽쇼?

백작부인 네가 할 일이 별 거 아니라는 거야. 알겠어?

광대 잘 알고 말고요. 마음 같아서는 이미 도착했습니다요.

백작부인 얼른 다녀와. [퇴장] 65

야할 때에 임시변통으로 사용하던 표현이다.

3장

파리. 왕궁

버트람, 라퓨, 파롤스 등장.

라퓨　요즘은 기적 같은 것이 없다고들 하지요. 학자들은 불가사의한
　　　　일들도 일상적이고 평범한 거라고 하니까요. 그래서 두려움에 떨
5　　　　어야할 때조차도 대수롭지 않게 여기고 무서운 일을 가볍게 여기
　　　　게 되었소.

파롤스　이번 일은 참 진귀한 현상이지요.

버트람　그렇긴 해요.

10　**라퓨**　학자들이 다 포기했는데 ―

파롤스　갈렌과 파라셀서스 같은 유명한 명의들도 포기했다지요.[24]

라퓨　왕실의 모든 어의들도 포기했다잖소.

파롤스　저도 그렇게 들었습니다.

라퓨　불치의 병이라고 말이지요.

15　**파롤스**　저도 그렇게 들었습니다.

라퓨　도저히 손을 쓸 수가 없다고 말이요.

파롤스　그렇습니다. 인간으로서는 도저히 ―

---

24. 갈렌과 파라셀서스(Galen and Paracelus)는 그 당시의 명의들이 아니고 훨씬 전의
　　사람들이다. 따라서 파롤스가 잘못 알고 있는 지식을 자랑삼아 내보이고 있음을 나
　　타내고 있다 하겠다(아든).

라퓨   생사가 확실하지 않은 상태였소.

파롤스 그러게 말입니다. 제 말씀입니다.

라퓨   정말 신기한 일이야.   20

파롤스 그렇지요. 눈으로 직접 보시고 뭐라고 적혀있는지 읽어보시지 요.[25]

라퓨   [읽는다] 하늘에서 내린 효험이 인간에 의해서 드러나도다.

파롤스 바로 그겁니다, 제가 이야기한 것도 그겁니다.   25

라퓨   돌고래도 그만큼 혈기왕성하지는 않을 거요, 좋은 의미에서 한 이야기요 ―

파롤스 정말 이상한 일입니다. 무지하면서도 끈질기다고나 할까요. 사악 한 인간이 받아들이지를 못하는 걸 보면요.   30

라퓨   하늘의 도움을 말이지요.

파롤스 바로 그겁니다.

라퓨   가장 나약한 인간들이 ―

파롤스 연약한 사람의 힘을 빌어서, 거대한 힘을 보이셨으니 폐하의 쾌 차뿐 아니라 우리 모두에게 진실로 도움이 되지 않겠습니까 ―   35

라퓨   참으로 감사할 일이지요.

                    왕, 헬레나, 시종들이 등장.

파롤스 옳으신 말씀입니다. 저기 폐하가 오고 계십니다.   40

라퓨   독일 말로 원기왕성 그 자체이시군. 나도 한창 열혈청년이었을

---

25. 국왕이 완쾌한 것을 축하하기 위해서 시구절로 적어서 표현한 것으로 생각된다.

때에는 젊은 여인네들을 밝혔었지. 코란토 춤도 문제없이 추시겠는걸.[26]

파롤스 맙소사! 이제 보니 헬레나?

45 **라퓨** 바로 맞추었소.

왕 자, 가서 귀족들을 죄다 이리 오라고 해라. [시종 퇴장]

내 구세주여, 내 곁에 앉거라. 이 약손으로 나의 기력을 되찾아주

50 었으니, 내가 약속했던 것을 네가 받을 차례이다, 네 뜻대로 해주

마.

서너 명의 귀족 등장.

자, 눈을 들어 잘 보아라. 이 귀족들은 아직 미혼이다. 왕으로서

의 권위와 아버지로서의 명령으로 내가 결정해주면 따르게 되어

55 있다. 네 마음대로 골라보아라. 네가 선택하면 그들은 동의할 것

이다.

헬레나 귀족들이시어, 아름답고 덕성스러운 여성과 사랑에 빠지시길 기

원합니다. 딱 한 분만 빼고요.

60 **라퓨** 내가 이 젊은이들만큼이나 건장하고 힘이 있다면, 꼬리를 짧게

자른 적갈색 말과 온갖 마구 장식을 갖다 바치고 싶구나.[27]

---

26. 코란토(coranto): 동작이 활발한 춤.

27. 꼬리를 짧게 자른다는 뜻으로 원문에서는 "docked tail"이라는 단어를 사용하고 있
음. 강아지의 꼬리를 자를 때에 쓰이는 단어로 이는 꼬리를 자르면 광견병을 예방
하고 균형 잡힌 몸과 민첩성을 가진다고 믿고 오래전부터 이어진 풍습이 있었다고
함. 말의 경우에도 같은 풍습을 사용하는 경우가 있었는지는 확실치 않음. 라퓨의
이 대사는 자기도 젊어서 헬레나의 간택 대상이 되고 싶다는 말을 비유적으로 한

왕　잘 살펴보아라. 다들 대단한 가문의 후손들이다.

헬레나가 한 귀족에게 다가간다.

헬레나　여러분, 제가 하늘의 도움을 받아 폐하의 건강을 되찾아드렸습니다.

귀족일동　잘 알고 있으며, 진실로 감사드립니다.　　65

헬레나　저는 미천한 소녀이며 그걸로 충분하옵니다. 제 할 일은 다 하였으니 폐하께서는 그걸로 만족하소서. 부끄러워 빨개진 뺨이 저에게 이렇게 말합니다. "선택을 하려니까 이렇게 붉어지는구나, 만　70 일 거절당하는 경우에는 차라리 차디찬 죽음을 택하여 다시는 붉어지지 않도록 하는 것이 좋겠구나"라고요.

왕　선택을 하여라. 너의 사랑을 거절하는 자는 바로 나의 은총을 거절하는 자이다.

헬레나　자 순결의 여신인 다이아나여, 그대의 성전을 떠나 사랑의 신의　75 궁전으로 날아가겠습니다. [귀족 1에게] 제가 구혼하면 받으시겠습니까?

귀족 1　당연하지요.

헬레나　감사합니다만 그걸로 되었습니다.

라퓨　내 목숨이 위태로운 한이 있더라도 이 선택에 끼고 싶구나.

헬레나　[귀족 2에게] 제가 입을 떼기도 전에 그 고운 눈이 불꽃과 함께 대　80 답을 하시는군요. 너의 처지라면 스무 배 이상의 가치를 지녀야

것으로 생각됨.

가능하다고요.

귀족 2 그대가 원한다면 있는 그대로 받아들이겠소.

85 **헬레나** 위대한 사랑을 맞으시길 간절히 기원 드립니다. 그럼 이만.

라퓨 모두 저 아가씨를 거절하다니? 내 아들이라면 회초리로 때려주거나 터키로 보내서 내시를 만들어버리겠다.

헬레나 [귀족 3에게] 행여 제가 손을 잡을까봐 걱정하실 필요가 없습니다.

90 해치지 않겠어요. 그대에게 축복이 내려서 정말 좋은 짝을 만나시길 기원합니다.

라퓨 이 젊은이들은 냉혈동물인가, 아무도 저 아가씨를 맞으려고 하지 않는 걸 보니. 아마 영국인들과의 사이에서 낳은 사생아들임에

95 틀림없어. 프랑스인이라면 저럴 리가 없지.

헬레나 [귀족 4에게] 당신은 저와 결혼하기에는 너무 젊고 행복하고 착한 분이시군요.

귀족 4 아름다운 그대여, 그렇지 않습니다.

라퓨 아직 포도 한 송이가 남아 있어. 틀림없이 그대의 아버지가 포도

100 주를 마셨을 거야.²⁸ 하지만 그대가 멍청이가 아니라면 내가 열네살 먹은 철부지이겠다. 그 됨됨이를 이미 알고 있는 터이니까.

헬레나 [버트람에게] 제가 감히 도련님을 선택하는 것이 아닙니다, 저는 저의 모든 것을 도련님이 원하시는 대로 바치고자 합니다. 이 분을 택하겠습니다.

105 **왕** 자, 버트람, 저 아가씨를 아내로 받아들여라.

---

28. 좋은 포도주를 마시면 그만큼 좋은 기운을 자식에게 물려준다는 속설을 근거로 하는 표현임.

버트람 제 아내로 말입니까? 제발 청하오니, 제 아내는 제 눈으로 결정할
수 있도록 해주십시오.

왕 버트람, 저 여인이 나를 완쾌시켜준 것을 모른단 말이냐?

버트람 폐하, 잘 알고 있사옵니다. 하지만 제가 이 여인과 결혼을 해야
하는 이유를 모르겠습니다.   110

왕 저 아가씨가 나를 병석에서 일으켜 세워주었지 않느냐.

버트람 폐하, 폐하가 일어서신 대가로 제가 드러누워야 합니까? 저 여인
은 제가 잘 아는 사람입니다. 제 선친께서 돌보아 키워주셨으니
까요. 가난한 의사의 딸을 제 아내로 맞으라고요! 그런 모욕을 당   115
하느니 차라리 폐하의 은총을 포기하겠습니다.

왕 네가 저 여인을 싫어하는 것은 신분 때문이니 내가 그 신분을 올
려주겠노라. 우리들의 피는 색, 무게, 온도 등이 다 같아서 한데
섞어놓으면 누구의 것인지 전혀 구분을 할 수가 없다, 그런데도   120
너는 저 여인과 그처럼 다르다고 생각하느냐. 가난한 의사의 딸
이라는 네가 싫어하는 그 이유만 제외하면 아주 정숙하지 않느
냐. 너는 단지 이름 때문에 미덕을 싫어한단 말이냐. 그러면 안
된다. 비록 낮은 곳일지라도 고결한 일이 일어나면 그 덕행에 의   125
해서 그 장소까지 높아지는 법이다. 신분은 아주 높지만 미덕이
없으면 병든 명예에 불과하지. 신분이 낮더라도 미덕은 그 자체
로 충분한 거야. 악행도 같은 이치란다. 특성은 자연스럽게 드러
나는 거지 신분으로 결정되는 게 아니야. 저 여인은 자연에서 타   130
고난 그대로 젊고, 현명하고 아름답다. 그런 장점들로부터 명예
가 자라나는 법이다. 조상의 명예만 내세우고 스스로 그 명예를

135 입증하지 못하는 것은 진정한 명예가 아니다. 명예는 조상들보다
는 자신의 행위를 통하여 발전시켜야 한다. 겉치레 말은 묘비에,
그리고 거짓된 상패에 마구 사용되는 무의미한 것이다. 반면에
140 진실된 명예의 뼈는 흙과 망각 속에 덮여있게 마련이다. 자, 이
아가씨를 반려자로 좋아할 수 있다면 나머지는 내가 다 알아서
하겠다. 저 여인이 내놓을 것은 자신의 미덕과 그녀 자체이고, 명
예와 부는 내가 내놓을 것이다.

버트람 저는 저 여인을 사랑할 수도 없고, 또 사랑하려는 노력도 할 수
145 없습니다.

왕 네 멋대로 하게 된다면 너에게 재앙이 있을 것이다.

헬레나 폐하께서 완치되셨으니 저로서는 너무 기쁩니다. 더 이상 바라지
않겠나이다.

왕 내 명예가 걸린 문제이다. 그 명예가 훼손된다면 나의 왕권을 사
150 용할 수밖에. 자, 이런 건방진 놈, 저 여인의 손을 잡아라, 너에게
는 아까운 물건이니. 감히 나의 배려와 저 여인의 미덕을 싸잡아
서 경멸하다니. 저 여인의 모자란 부분을 내가 채워서 저울대에
올리면 네 쪽의 접시가 천정까지 올라 갈 것이라는 걸 모르느냐?
155 너의 명예를 원하는 데에 심고 키우는 것이 바로 나라는 것을 모
르느냐? 건방지게 굴지 말고 나의 뜻에 복종하는 것이 너에게 좋
을 것이다. 너의 그릇된 생각을 버리고 너의 의무를 다하여 나의
160 명령에 복종하는 것이 좋을 것이다. 그렇게 하지 않으면 내가 너
를 내치고 완전 무시하여 타락의 나락으로 던져버리겠다. 정의의
이름으로 어떠한 연민의 정도 없이 나의 복수심과 증오를 너에게

쏟으리라. 어서 대답을 하거라.   165

버트람 용서하소서 폐하, 폐하가 결정하신 대로 따르겠습니다. 명예의
크기가 폐하께서 명하는 대로 정해지는 것입니다. 저 여인이 귀
족인 제 기준으로는 몹시 미천했지만, 이제 폐하의 성은으로 인
하여 마치 귀족 신분으로 태어난 것과 다름없이 되었음을 알겠나 170
이다.

왕 저 여인의 손을 잡고 결혼을 맹세해라. 그대의 신분에 걸맞게, 아
니 그 이상으로 내가 만들어줄 것임을 약속하노라.   175

버트람 네, 맹세하겠습니다.

왕 이 서약에는 하늘에서 내린 행운과 내가 주는 호의가 더해질 것
이다. 내가 내린 명령을 신속하게 거행하여 오늘 밤 식을 올리도
록 하라. 성대한 잔치는 가족과 친지들이 오는 때를 기다려서 열 180
도록 하라. 저 여인을 사랑하는 만큼 나에게 충성하는 것이니라,
그렇지 않으면 가만두지 않겠다. [퇴장]

파롤스와 라퓨가 무대에 남아 이 결혼에 대한 이야기를 주고받는다.

라퓨 이봐요, 할 말이 있소.

파롤스 하시지요.   185

라퓨 댁의 주인이 생각을 바꾸다니 참 잘한 일이요.

파롤스 제 주인이 생각을 바꾸셨다고요! 어림없는 말씀이요!

라퓨 아니, 내가 틀린 말을 했소?

파롤스 너무 심한 말씀을 하셨지요. 이건 결투감이요.   190

라퓨 댁은 루시용 백작의 일행이 아니요?

파롤스 어느 백작이든지 남자다운 사람과는 다 일행이라고 할 수 있지요.

195 **라퓨** 댁이 백작의 일행이면, 난 백작의 주인인 왕의 일행이오.

파롤스 댁은 너무 연로하시오. 그 정도로 그만 하시지요.

라퓨 나도 어엿한 사내대장부요. 게다가 댁이 아무리 연륜이 쌓여도 가질 수 없는 지체를 가졌다는 말씀.

파롤스 바로 혼을 내드리고 싶지만 꾹 참겠소이다.

200 **라퓨** 두 번 식사를 함께 하면서 상당히 똑똑한 사람인 줄 착각했지. 여행담도 그럭저럭 재미있었고 말이야. 그런데 착용하고 있는 스카프와 장식용 깃발들을 보니 아주 대형 선박은 아니라는 생각이 들더군.²⁹ 이제 확실히 알겠어, 댁 같은 사람은 잃어도 아쉬운 존
205 재가 아니라는 걸 말이야. 아니, 길에 떨어져있는 걸 주울 만한 가치도 없는 인간이야.

파롤스 나이 좀 먹었다고 말씀을 너무 함부로 하지 마시오.

210 **라퓨** 너무 화를 내지 마오, 댁에게 해만 끼칠 뿐이오. 기껏해야 암탉만도 못한 주제에. 격자창문 같은 사람,³⁰ 그만 헤어지는 게 좋겠어. 댁의 창문을 열어볼 필요도 없어, 이미 다 들여다보았으니. 어서 가버려.

215 **파롤스** 정말 화가 나서 미칠 것 같군.

---

29. 스카프는 병사들의 상징으로, 어깨나 허리에 혹은 모자나 팔에 달고 다니는 것이 당시 유행이었다고 함. 파롤스는 스카프와 페넌트들을 주렁주렁 달고 있는 것으로 보임.

30. 격자창문(window of lattice): 당시 술집에 장식으로 붙어있는 창. 두 가지의 뜻이 포함됨. 첫째, 술집처럼 흔하다. 둘째, 열린 창처럼 속이 다 들여다보인다.

라퓨 그럴 짓을 했잖아.

파롤스 아니에요, 난 그만큼 잘못한 적이 없어요.

라퓨 아니, 충분히 했어. 조금도 봐 줄 생각이 없거든.

파롤스 그럼 제가 처신을 더 잘 하겠습니다. 220

라퓨 그럴수록 더 혼쭐이 나게 될 걸. 너의 스카프가 너를 동여매는 꼴이 되면 넌 네 자랑거리 때문에 꼼짝 못 하게 될 테니까. 내가 너와의 친분을 유지하는 것은 네가 곤궁에 빠졌을 때에 "내가 그 225 친구 잘 알지"라고 말하고 싶어서야.

파롤스 도저히 견딜 수 없을 정도로 내 화를 돋구시는구먼요.

라퓨 네가 화를 더 낼 수 있다면, 그리고 계속 그 상태로 유지될 수 있다면 좋겠다. 이제 내 힘껏 쌩하고 네 곁을 지나가겠어. [퇴장] 230

파롤스 이 늙은이에게 아들이 있다면 제대로 갚아주겠다. 상스럽고 늙고 지저분한 인간 같으니라고! 기다려보라지. 신분이 높다고 참기만 할 일이 아니지. 결단코, 이담에 다시 만나면 마구 두들겨줄 테다. 신분이 아무리 높아도 상관없어. 늙었다고 봐 줄까봐? 다시 235 만나기만 해봐라, 마구 패줘야지.

라퓨 재등장.

라퓨 네 주인이 막 결혼하셨다는 뉴스를 전해주마. 새 여주인이 생겼구나.

파롤스 제발 체통을 지켜 말씀을 삼가주시길 부탁드립니다. 제가 존경하 240 고 모시는 주인이시니까요.

라퓨 뭐, 하느님이셔?

파롤스 허, 참.

245 **라퓨** 네 주인은 악마가 아니더냐. 왜 이렇게 팔을 끈으로 묶고 있어? 네 소매로 스타킹이라도 만들려고? 다른 하인들도 그렇게 하느냐? 네 다리를 코가 있는 곳으로 붙이면 딱이겠다. 내가 두어 시간만 더 젊었더라도 너를 두들겨 줄 텐데. 넌 아무나 와서 두들기

250 는 동네북 같은 놈이야. 운동 삼아 마구 두들겨도 돼.

파롤스 너무 심한 말을 하십니다요.

라퓨 썩 꺼져. 넌 이태리에서 사소한 잘못을 한 죄로 얻어맞았다면

255 서.[31] 그게 무슨 여행가야, 뜨내기 부랑자지. 네가 가진 신분과 미덕은 보잘 것 없으면서 귀족들이나 고귀한 분들에게 건방을 떨잖아. 더 이상 말을 섞고 싶지도 않아. 악당 같으니라고. 난 간다.

260 [퇴장]

버트람 재등장.

파롤스 흠, 흠, 그래, 당분간 그 문제는 생각하지 말자.

버트람 난 완전 망했다.

파롤스 그게 무슨 말씀이온지요?

265 **버트람** 사제 앞에서 맹세를 하긴 했지만 합방은 안 할 거야.

파롤스 무어라고요?

버트람 파롤스, 떠밀려서 결혼을 했지 뭐야. 내가 토스카니 지방의 전쟁

---

31. 사소한 죄: 본문에서는 "석류 알을 하나 따먹은 죄"로 은유적으로 표현하고 있다. 또한 이태리는 타락한 곳이라는 추정에 의거하여 "심지어는 이태리에서조차도"라는 뜻을 포함하고 있다(아든).

터로 떠나버리면 그 여자와 합방할 일이 없을 거야.

파롤스 프랑스는 개구멍이에요, 인간의 발자국보다 못해요. 전쟁터로 갑 270
시다.

버트람 어머니께서 보내신 편지가 있는데, 내용이 뭔지 아직 안 읽어보
았어.

파롤스 그야 나중에 읽어 보세요. 전쟁터로 어서 나갑시다. 아내의 치마
폭에 싸여서, 군신의 포효하는 말이 높이 뛰는 것도 제어할 수 있 275
는 남성적인 힘을 낭비하는 사람이 있다면, 그건 자기의 명예를
보이지 않게 상자에 넣어두는 것과 같은 겁니다. 떠나셔야 해요.
프랑스는 마구간이에요. 그 안에 있으면 병든 말이 되니까, 어서 280
전쟁터로 나갑시다.

버트람 그러자꾸나. 그 여인은 고향으로 보내서 어머니께 내가 그녀를
싫어한다는 것과 내가 전쟁터로 떠나는 이유를 알려드리고 폐하
께는 편지로 내가 차마 직접 말씀드리지 못하는 내용을 올려야겠
다. 폐하께서 방금 내리신 선물을 가지고 동료 귀족들이 싸우고 285
있는 이태리의 전장으로 갈 군비를 마련할 테야. 보기 싫은 아내
가 있는 수용소 같은 집보다는 전쟁터가 훨씬 나아.

파롤스 결심을 바꾸시지는 않으시겠지요?

버트람 어서 내 방으로 가서 나를 도와줘. 그 여자를 당장에 보내야겠어. 290
내일이면 나는 전쟁터로 나가고, 그 여자는 독수공방 신세가 되
는 거지.

파롤스 이제 제대로 공을 치시는구먼요, 그럼 소리도 나게 마련이지요.
젊은이가 결혼을 하면 몸을 상한다는 말이 있지요.[32] 망설이지 말

295 고 그 여자를 떠나세요. 폐하께서 주인께 잘못을 저지르신 겁니다. 대놓고 말할 수는 없지만요. [퇴장]

---

32. 원래 표현은 "The maide that soone married is, soone marred is.": 처녀가 갓 결혼을 하면 몸이 상한다는 뜻을 남자로 바꾸어 말한 것임(아든).

4장

파리. 왕궁

헬레나와 광대 등장.

헬레나 어머니께서 따뜻한 안부 편지를 보내셨어요, 잘 계시지요?

광대 잘 계시진 않아요, 건강은 좋으시지만. 기분도 좋으시지만 잘 계
신 건 아니에요. 건강하고 유족하시니까 다행이긴 하지만, 그래
도 잘 계신다고 볼 수 없지요.   5

헬레나 건강하시다면서 잘 계시지 않다니, 무슨 일이라도 있으신가요?

광대 사실 두 가지만 빼면 다 좋으시지요.

헬레나 그 두 가지가 뭔데요?

광대 하나는 마님께서 아직 천당에 못 가신거지요. 하느님, 어서 마님   10
을 불러주시옵소서. 또 하나는 아직 이승에 계신거지요. 하느님,
마님을 이승에서 빨리 데려가소서.

파롤스가 들어온다.

파롤스 행운이 가득하신 부인께 축복을 기원합니다.

헬레나 그 축원에 힘입어서 행운이 가득하면 좋겠어요.   15

파롤스 제 기도가 이루어져서 행운이 계속 되기를 빕니다. 이보게, 악당,
마님께서는 안녕하시겠지?

광대 그 기도가 이루어져서 마님이 돌아가시면 당신은 마님의 주름살
을 얻고 나는 마님의 돈을 얻기를 바라겠소.

파롤스 난 그런 말 한 적 없는데.

광대 잘 알면서 시침 떼지 마시오. 혀를 잘못 놀려서 주인을 곤경에 빠
뜨리면서. 아무 말도 하지 않고, 아무 짓도 하지 않고, 아무 것도
알지 못하고, 아무 것도 가진 것이 없는 그런 상태가 댁의 신분에
딱 맞는 거요, 즉 존재가치가 없는 거지요.

파롤스 꺼져, 악당 같으니라고.

광대 악당 앞에 선 그대 역시 악당이로다, 뭐 이렇게 말씀하셨어야지.
즉 "맹세코, 너는 악당이다"라는 말씀. 이게 진실이요.

파롤스 이제 보니 제법 재치가 있는 바보로구먼.

광대 나를 보고 당신의 주제를 파악한 거요, 아님 누구한테 배운 거요?
어쨌거나 유익한 일이외다. 당신 속에 들어있는 멍청함을 많이
발견할수록, 이 세상에는 즐거움과 웃음이 더 늘어날 터이니.

파롤스 악당치고는 괜찮군. 배운 것도 꽤 있는 듯하고. 아씨, 주인님께서
오늘 저녁에 떠나실 것입니다. 아주 중요한 일이 있으시답니다.
의당 혼례식을 치러야하는 것을 알고 계시지만 어쩔 수 없이 연
기하자고 하십니다. 열정을 미루어서 감미로운 것들로 채워놓고
시간이 지난 후에 향유하여 기쁨과 즐거움으로 넘실거리게 하자
고 하십니다.

헬레나 그 외에 다른 말씀이 있으셨소?

파롤스 즉시 폐하의 허락을 받고 떠나라 하셨습니다. 아씨에게 피치 못할
사정이 있어서 그런 것처럼 둘러대어 양해를 구하라 하셨습니다.

헬레나 그 외에 또 무슨 말씀이 계시었소?

파롤스 폐하의 허락을 받은 즉시 주인님께 오시면 다른 말씀이 있으실 50
겁니다.

헬레나 주인의 뜻에 성실히 따르겠소.

파롤스 그렇게 전하겠나이다. [퇴장]

헬레나 자, 갑시다. [광대와 퇴장]

5장

파리. 왕궁

라퓨와 버트람 등장.

라퓨 설마 그 사람을 용감한 병사로 생각하지는 않으시겠지요?

버트람 아주 용감무쌍한 사람입니다.

라퓨 그자의 말을 곧이곧대로 믿으시는군요.

버트람 다른 증거들도 있습니다.

5 **라퓨** 그렇다면 나의 판단이 잘못되었군. 나는 그 종달새를 멧새로 착각했소.[33]

버트람 단연코 그 사람은 학식도 높고 아주 용감한 사람입니다.

라퓨 나는 그 사람의 경험을 무시하고 그의 용감함을 얕보는 죄를 범

10 했소. 하지만 내 마음 속에 회개의 심정이 일어나지 않으니 더욱이나 큰일이요. 그자가 오고 있소. 청컨대 우리를 화해시켜주오. 나도 사이좋게 지내도록 노력하겠소.

파롤스 등장.

---

33. 원래 속담은 멧새를 종달새로 착각하다, 즉 별 볼일 없는 자를 대단한 자로 여긴다는 뜻으로 사용됨. 여기에서 라퓨는 그 표현을 반대로 사용함으로써 파롤스를 비꼬고 있음.

파롤스 [버트람에게] 시키시는 대로 되었습니다.

라퓨 아니 이게 어느 재단사의 종복이오?   15

파롤스 여보시오!

라퓨 아 내가 아는 사람이네. 아주 양복을 잘 짓는 사람이지.

버트람 [파롤스에게 방백으로] 그 여자가 폐하를 뵈러 갔나?

파롤스 그렇습니다.   20

버트람 오늘 밤에 떠난다고 하던가?

파롤스 시키시는 대로 할 것입니다.

버트람 편지도 썼고, 중요한 것들도 다 챙겼고, 말도 떠날 준비를 해놓았
지. 오늘 밤에 신부와 첫 밤을 치르는 것이 당연하지만, 시작하기   25
도 전에 끝이 나는 거야.

라퓨 [방백] 진짜 여행가는 만찬이 끝날 무렵에 그 진가가 드러나는데,
시종일관 거짓말만 하고 이미 다 아는 걸 가지고 천 배씩 부풀려
사기를 치는 인간에게는 이야기를 한 번 들어주는 대신 세 번 두
들겨줘야 해. [큰소리로] 이봐, 병사나리!   30

버트람 아니 어르신과 당신 사이에 무슨 시비라도 있었소?

파롤스 저 어르신께서 저를 왜 미워하시는지 도대체 모르겠습니다.   35

라퓨 마치 커스터드에 뛰어드는 광대처럼 네가 장화신고 박차 끼고 마
구 달려들지 않았느냐.[34] 거기에서 빠져나와서는 자초지종을 설
명하지도 않고 다시 뛰어들고 있잖아.

버트람 아마 저 사람을 잘못 오해하신 듯합니다.   40

---

34. 런던에서 벌어지는 축제 중의 하나인 Lord Mayor's Feasts에서 엄청나게 커다란
커스터드 안으로 광대가 뛰어드는 행사가 있었다고 함.

라퓨 저 자가 어떤 일을 하더라도 내 마음이 바뀌진 않을 거요. 잘 가오, 내 말을 명심하고. 이 가벼운 껵과 속에는 알맹이가 있을 턱이 없소. 옷이라는 껍데기밖에 없는 자요. 중요한 일을 할 때에 이 자를 믿으시면 안 되오. 나는 이런 자를 많이 겪어봐서 잘 알지요. 잘 가게, 병사나리, 댁에 관해서 잘 이야기를 해두었어. 악을 선으로 대해야 하는 법이니까. [퇴장]

파롤스 조금 머리가 이상한 어른이에요.

버트람 그런 것 같지는 않은데.

파롤스 아니, 주인께서 잘 아는 분이시잖아요.

버트람 그분을 잘 알고 있지. 게다가 평판이 아주 좋으신 분이지. 나의 골칫거리가 오는군.

헬레나 등장.

헬레나 시키신 대로 폐하께 말씀드리고 바로 떠나도 좋다는 허가를 받았습니다. 단, 폐하께서 당신께 따로 하실 말씀이 있다고 하셨습니다.

버트람 그 명령에 따르겠소. 헬레나, 결혼 첫날에 적절하지 않은 나의 행동에 대해서 놀라지 마시오. 피치 못할 사정으로 인하여 내가 남편으로서 해야 할 일들을 이행하지 못하는 데 대해서도. 미처 예상치 못한 일이라 내 자신도 어리둥절하다오. 그래서 당신에게 부탁하니 즉시 집으로 떠나시오. 나에게 묻지 말고 들어주시오. 내 상황이 급박하오. 그리고 상황을 전혀 모르는 당신이 짐작하는 것보다는 훨씬 더 중차대한 약속이 있소. [편지를 주면서] 이틀

뒤에 다시 만납시다, 당신의 현명함을 믿겠소.   70

헬레나 그저 당신이 시키는 대로만 하겠습니다.

버트람 자, 이제 그만.

헬레나 저의 미천한 신분에 걸맞지 않는 커다란 행운을 받은 데 대해서
는 온 힘을 다하여 보충하겠나이다.   75

버트람 그런 이야기는 하지 마시오. 내가 몹시 급하니 작별합시다. 집으
로 가시오.

헬레나 하지만, 잠깐만요.

버트람 무슨 할 말이 있소?

헬레나 제 분에 넘치는 행운을 얻었으니 감히 제 것이라고 주장할 엄두
도 나지 않지만 실제로 제 것이긴 하지요. 하지만 이미 법으로 제   80
소유가 된 것을 소심한 좀도둑처럼 조금만 훔치고 싶습니다.

버트람 뭘 갖고 싶은 거요?

헬레나 그게, 뭔고 하니, 아무 것도 아니어요. 차마 말씀드리지 못하겠어
요. 아니, 말씀드리지요. 이방인들이나 원수들은 돌아서면서 키스   85
를 안 하겠지만.

버트람 제발 시간 끌지 말고 서둘러 말을 타시오.

헬레나 시키시는 대로 할게요. 제 하인들이 어디 있을까요? 안녕히 가세
요. [퇴장]

버트람 고향으로 말머리를 돌리시오. 내가 싸울 수 있고 북소리를 들을 수 90
있는 한 결코 그 곳으로 가지 않을 거요. 자, 우리도 빨리 떠나자.

파롤스 용감하게, 전진! [퇴장]

3막

1장

플로렌스. 공작의 궁전

요란한 나팔소리와 함께 플로렌스 공작이 두 명의 프랑스 귀족 및
병사들과 함께 등장.

공작 지금까지 그대들은 이 전쟁을 왜 치러야 하는지 그 이유를 세세
하게 들으셨소. 그 결정을 내리기 전에도 이미 많은 피를 흘렸지
만 앞으로도 더 많은 피를 흘려야 할 것이오.

5 **귀족 1** 공작님의 편에는 신성한 명분이, 적군의 편에는 사악한 뜻이 함
께하는 것 같습니다.

공작 그런데도 우리 우방인 프랑스가 우리의 지원 요청을 거부하다니
놀라울 뿐이오.

10 **귀족 2** 저희 나라의 속사정에 대해서는 뭐라고 말씀드리기 어렵습니다.
제가 중요 정책을 결정하는 회의실에 들어가지 못하는 제삼자이기
때문입니다. 제 개인적인 의견은 빗나가는 경우가 더 많은 추측에
15 불과하므로 말씀드리지 않는 편이 더 나을 것으로 생각됩니다.

공작 프랑스 국왕의 뜻이겠지요.

귀족 1 하지만 태평성대를 따분하게 여기는 젊은 친구들이 몸을 풀기 위
해 이 전쟁터에 참가하러 올 것으로 확신합니다.

20 **공작** 그런 젊은이들을 대 환영하며, 우리가 가진 모든 영예들을 기꺼

이 주겠소. 고위직이 비는 즉시 그대들을 임명할 것이라는 걸 명심하오. 내일 출전하도록 하시오. [나팔소리와 함께 퇴장]

2장

로시용. 백작의 궁전

백작부인과 광대 등장.

백작부인 내가 원하는 대로 이루어졌구나. 내 아들이 같이 돌아오지는
않았지만 말이야.

광대 아무리 생각해도 도련님은 우울증이 있으신 것 같아요.

5 **백작부인** 왜 그렇게 생각하니?

광대 신고 계신 장화를 쳐다보면서도, 옷매무새를 고치면서도, 질문을
하다가도, 이를 쑤시면서도 늘 노래를 부르신단 말씀이에요. 이
런 종류의 우울증을 앓는 사람이 노래 한 곡 얻으려고 값비싼 저
택을 팔아 없앴다는 말을 들은 적이 있답니다.

10 **백작부인** 어디 그 애가 보낸 편지를 좀 보자꾸나, 언제 돌아온다고 하는
지 말이야. [편지를 읽는다]

광대 왕궁에 다녀온 뒤로는 이사벨에 대한 열정이 식었어. 이사벨과
같은 시골 여자들은 궁중의 여자들과 완전히 다르더라는 말씀.

15 내 머리에 들어있던 큐피드 신이 사그라들었어. 늙은이가 하릴없
이 돈을 좋아하듯이 내 사랑도 열정이 식은 거야.

백작부인 도대체 뭐라는 거지?

광대 읽으시는 대로입니다. [퇴장]

백작부인 [읽는대] 어머님의 며느리를 보내드립니다. 폐하를 구원하고 저를 파 멸시킨 여인이지요. 제가 결혼은 했지만 같이 잔 건 아닙니다. 앞으로 20 도 그런 일은 없을 겁니다. 저는 멀리 가고 있어요, 어차피 곧 아실 일 이어서 미리 알려드립니다. 가능한 한 가장 멀리 떨어져 있고 싶습니다. 불효자 버트람 드림. 25

이런, 경솔하고 멍청한 녀석 같으니라고. 그처럼 덕성스런 아이 를 경멸하여 폐하께서 베풀어주신 하해 같은 성은을 저버리고 진 노를 자청하다니. 30

광대 재등장.

광대 마님, 병사 두 명이 와서 새아씨님께 중요한 내용을 전하고 있습 니다.

백작부인 무슨 내용이냐?

광대 조금 위안이 되실 겁니다. 즉, 도련님께서는 제가 우려하는 만큼 빨리 돌아가시지는 않을 것 같습니다. 35

백작부인 아니 내 아들이 왜 죽는단 말이냐?

광대 그게 말씀이지요, 그렇게 막 빨리 도망가신다면 말씀입니다. 서 계시면 위험하니까요. 아이가 생겨날 수는 있지만 죽을 수 있거 든요.[35] 여기 오고 있으니, 직접 들어보세요. 저는 아드님께서 멀 40 리 달아나셨다는 말만 들었을 뿐입니다. [퇴장]

---

35. 여기에서 광대는 죽다, 서다 등의 단어들을 모두 성적 의미를 담아 사용하고 있다.

헬레나와 프랑스 귀족 두 명 등장.

귀족 1 부인, 안녕하십니까.

45 **헬레나** 마님, 아드님께서 완전히 떠나셨답니다.

귀족 2 그런 건 아닙니다.

백작부인 진정하여라. 자, 여보시오. 내가 기쁨과 슬픔이 뒤섞인 운명의
　　장난들을 아주 많이 겪어왔기 때문에 평범한 여인네들과는 달리
　　평정을 유지할 수 있다오. 지금 내 아들이 어디 있는지 사실대로
50　말해주세요.

귀족 2 아드님은 플로렌스 공작을 모시려고 떠났습니다. 거기로 가는 길
　　에 아드님을 만났습니다. 저희는 여행 허가증을 받아서 그리로
　　다시 갈 예정입니다.

55 **헬레나** 마님, 그가 쓴 편지입니다. 바로 제 여행 허가증이지요.[36]

　　[읽는다] 당신이 내 손가락에 낀 반지를 빼어 갖는 데 성공한다면, 그리
　　고 내 아이를 낳는다면 나를 남편이라고 부르시오. 물론 그런 일은 절
　　대 없을 것임을 내가 장담하겠소.

60　이건 너무 심한 형벌입니다.

백작부인 그대들이 이 편지를 전하셨습니까?

귀족 1 네, 부인. 그런 언짢은 내용을 담고 있다니, 죄송하기 짝이 없습
　　니다.

백작부인 아가야, 제발 기운을 내려무나. 네가 모든 슬픔을 독차지하면
65　내 몫이 없어지니까 말이다. 그 애는 나의 아들이었으나 이제 혈

---

36. 여행 허가증이 있어야 나라 밖으로 여행을 할 수 있었음. 헬레나의 경우 버트람의
　　편지가 그 구실을 함.

연관계를 청산하고 너만을 내 자식으로 하겠다. 플로렌스로 갔다고 하셨나요?

귀족 2 네, 부인.

백작부인 전쟁터에 나가기 위해서겠지요?

귀족 2 숭고한 목적으로 그런 것 같습니다. 공작께서도 그에 대한 보답 70
으로 아드님께 걸맞은 영예를 주실 것입니다.

백작부인 그대들도 그리 가신다고 했지요?

귀족 1 네, 부인, 가능한 한 빨리 돌아가려고 합니다.

헬레나 [읽는다] 저에게 아내가 있는 한, 프랑스에서 제가 가지고 싶은 것은 아무 것도 없습니다. 너무 심하시군요.

백작부인 그렇게 쓰여 있느냐?

헬레나 네, 마님. 75

귀족 1 아마도 백작님의 손은 생각 없이 그렇게 썼겠지만 마음은 그렇지
않았을 것입니다.

백작부인 아내가 있는 한, 프랑스에서 가지고 싶은 것이 아무 것도 없다
고! 여기에서 그 녀석에게 가장 가치 있는 것은 저 아이밖에 없는 80
데. 저 아이는 귀족의 배필이 될 자격이 충분해. 우리 아들같이
무례한 젊은이들 스무 명이 시시각각으로 마나님으로 받들어 모
셔도 시원찮을 터인데. 우리 아들과 동행하는 이가 누구인지요?

귀족 1 하인 한 명과 신사 한 분이 동행하고 있는데, 그 신사는 저와 안
면이 조금 있습니다.

백작부인 혹시 파롤스 아닌가요? 85

귀족 1 네, 그렇습니다.

백작부인 아주 지저분하고 사악하기 짝이 없는 인간이에요. 그 인간의 유혹에 빠져서 내 아들의 착한 천성이 타락하고 있어요.

귀족 1 부인, 옳으신 말씀입니다. 아드님께서 그 사람을 중용하시니까 영향력을 많이 받으시는 것 같습니다.

백작부인 이렇게 와주셔서 고마워요. 부탁이니, 내 아들을 만나게 되면 잃어버린 명예는 절대 칼을 써서 되찾을 수는 없다고 전해주세요. 편지를 써드릴 터이니 꼭 전해주시고요.

귀족 2 그저 시키시는 대로 하겠습니다.

백작부인 정말 고마워요. 잠깐 내가 따로 이야기할 게 있어요. [백작부인과 귀족들 퇴장]

헬레나 "저에게 아내가 있는 한, 프랑스에서 제가 가지고 싶은 것은 아무 것도 없습니다." 아내가 없어질 때까지 프랑스와는 인연을 끊겠다고요! 로시용 백작께서 프랑스에 소유하고 있는 모든 것을 포기하시겠다니. 그것들을 다 가지셔야지요. 백작님을 고국으로부터 몰아내어 부드러운 그대의 몸을 잔인한 전쟁터로 가게 한 것이 바로 제가 아니었던가요? 아름다운 여인들의 관심을 한 몸에 받는 즐거운 궁전을 떠나 뿌연 연기 나는 총알의 표적이 되게 한 것이 바로 제가 아니었던가요? 오, 불꽃과 함께 날아가는 납으로 만든 총알들이여, 그 표적을 피해다오. 아무런 흔적도 없이 소리 내며 공기를 가르는 총알들이여, 우리 백작님을 건들지 말아다오. 그를 맞추려고 하는 자여, 그를 보낸 이는 바로 저랍니다. 그를 향하여 돌진하는 자여, 그를 거기에 세운 이가 바로 비열한 저랍니다. 제 손으로 그를 죽이는 건 아니지만 그의 죽음의 원인은 바로 저랍니다. 차라리 제가 굶주림에 시달려 울부짖는 사자를 만나게 해주세요. 차라리 이 세상의 모든 불행들을 제가 한꺼번에 지게 해주세요. 아니 되옵니다, 로시용 백작님. 이겨 보았자 상처만 남고, 지게 되면 목숨을 잃어야 하는 전쟁터를 떠나 집으로 돌아오세요. 제가 대신 떠나겠어요. 저 때문에 당신이 오시지 않는다니, 제가 여기 머물 수가 있겠어요? 아니에요, 낙원의 바람이 온 집안에 불어오고 천사들이 시중을 든다 해도. 저는 떠나겠어요. 그대를 가엾이 여긴 소문이 제가 사라졌다는 소식으로 그대의 귀를 즐겁게 해드릴 수 있도록. 낮이여 빨리 가고 밤이여 어서 오너라. 어둠을 이용해서 처량한 도둑처럼 살그머니 사라지리라. [퇴장]

3장

플로렌스

화려한 나팔소리. 플로렌스 공작, 버트람, 북과 트럼펫 군악대, 병사들,
파롤스 등장.

공작 그대를 우리 기병대의 장군으로 임명하노니, 그대가 앞으로 쌓을
공적에 나의 사랑과 신뢰를 부여하겠소.

5 **버트람** 각하, 저의 분에 넘치는 중책이오나, 각하의 기대에 부응하기 위
해서 어떠한 위험도 두려워하지 않고 최선을 다하겠습니다.

공작 그럼 전진하도록 하오. 행운이 상서로운 연인처럼 그대의 용감한
투구 위에 함께 하기를!

버트람 위대한 마르스여, 오늘 이 순간부터 나는 그대의 행렬에 끼겠습
10 니다. 나의 생각대로 행할 수 있게 해주신다면 나는 세속적인 사
랑을 버리고 그대의 북만을 사랑하겠습니다. [모두 퇴장]

4장

로시용 백작의 궁전

백작부인과 집사 등장.

백작부인 아니, 헬레나가 이 편지를 주었다고? 나에게 편지를 전하라는
데도 그 애의 계획에 대해 눈치를 못 챘단 말이냐? 다시 한 번 읽
어보아라.

집사 [읽는다] 저는 생 제이크스 성지를 순례하기 위하여 떠납니다.[37] 과분한
사랑 때문에 죄를 지었으니 차가운 땅을 맨발로 걸으면서 성인께 맹세   5
드리며 속죄를 하려고 합니다. 제발 편지를 써서 어머님의 소중한 아
드님이신 젊은 백작님을 피비린내 나는 전쟁터에서 구하소서. 아드님이
집으로 돌아와 편안히 계시기를, 저는 먼 곳에서 끊임없이 기도하며 아   10
드님의 이름을 성스럽게 하겠나이다. 저로 인하여 고초를 겪으신 것에
대해 용서해달라고 청해 주세요. 저는 독살스러운 쥬노 여신처럼 아드
님을 궁중의 친구들로부터 떼어내어 전쟁터의 적들에게 보냈습니다. 죽
음과 위험이 고귀한 분의 뒤를 바짝 쫓는 곳으로요. 아드님은 죽기에는   15
그리고 제 남편이 되기에는 너무나 훌륭하십니다. 아드님을 자유롭게
해드리기 위해서 제가 죽음을 껴안겠습니다.

---

37. 생 제이크스(Saint Jakes)는 영어로는 Saint James the Greater이며, 그의 성지는
콤포스텔라(Compostella)에 있는 것으로 영국인들에게 널리 알려져 있다. 예수의
12사도 중의 한 사람으로 제일 먼저 순교하였다고 전해진다(위키피디아 백과 참
조).

백작부인 부드러운 표현 속에 날카로운 침이 들어있는 것 같구나! 리날
도, 헬레나를 떠나게 하는 실수를 하다니 너답지 않구나. 대화를
나눌 기회가 있었다면 헬레나의 의지를 꺾어놓았을 터인데, 그러
면 떠나지 않았을 터인데.

집사 황공하옵니다. 마님께 이 편지를 어젯밤에 드렸더라면 아마 뒤쫓
아 가서 붙잡을 수도 있었을 텐데요. 하지만 어차피 소용없을 거
라고 쓰여 있습니다.

백작부인 이 무가치한 남편을 어느 천사가 축복해줄꼬? 하늘은 헬레나
의 기도를 기꺼이 들어주시니까 내 아들의 잘못을 용서해달라고
헬레나가 대신 기도를 해주어야 해. 그렇지 않으면 우리 아들은
끝장이야. 리날도, 과분한 아내를 몰라보는 내 아들에게 빨리 편
지를 써라. 내 아들이 무시하는 헬레나의 진짜 가치를 하나하나
강조하여 쓰란 말야. 그 녀석이야 대수롭지 않게 여기겠지만 나
의 슬픈 심정도 자세히 적어. 가장 빨리 전달할 수 있는 자를 수
배해. 헬레나가 떠났다는 소식을 들으면 돌아오겠지. 제발 헬레
나도 그 소식을 듣고 사랑의 힘에 이끌려서 발길을 돌려 되돌아
오길 바랄 뿐이야. 둘 다 나에겐 똑같이 너무 소중한 자식이야.
어서 심부름꾼을 찾아봐. 마음이 천근같이 무겁고 나이가 들어
심약해지니 눈물이 앞을 가리고 하소연을 하고 싶어진다. [퇴장]

5장

플로렌스 외곽

멀리 트럼펫 소리와 함께 플로렌스의 나이든 과부, 그녀의 딸(다이아나),
비올렌타, 마리아나, 그 외 시민들 등장.

과부   이쪽으로 오면 좋겠어. 행렬이 성으로 향하면 우리가 구경을 못
하잖아.

다이아나   프랑스에서 온 백작님이 큰 공을 세웠다고들 하던데요.

과부   적군 대장을 생포하고 공작의 동생을 직접 죽였다는 이야기를 들   5
었지. [화려한 나팔 소리] 괜히 애만 썼네. 반대편으로 가버렸잖아.
들어봐, 넌 나팔 소리로 어떤 부대인지 알아낼 수 있잖아.

마리아나   들리는 소문으로 만족하고 그냥 돌아가십시다. 다이애나야, 프   10
랑스 백작을 조심해야 한다. 처녀에겐 정절이 전부야, 그보다 더
귀중한 게 없거든.

과부   그 백작의 수행원이라는 자가 와서 너를 얼마나 꼬드겼는지를 이
미 다른 사람에게 이야기해주었단다.   15

마리아나   그런 악당은 교수형에 처해야 해. 이름이 파롤스라든가. 젊은
백작에게 나쁜 물을 들이는 부하 있잖아. 다이아나야, 조심해라.
약속, 유혹, 맹세, 선물, 이 모든 것들은 욕정을 채우기 위한 거지,
진실이 아니니까. 거기에 넘어간 처녀들이 한 둘이어야 말이지.   20

순결을 빼앗긴 후 비참해지는 걸 보고서도 무서운 덫에 걸리는
여자애들이 아주 많아요. 더 이상 말하지 않겠어. 넌 곧은 애니까
본분을 잘 지키리라 믿어. 정절을 잃는 것보다 더 큰 일은 없으니
까.

다이아나 염려 마세요.

헬레나 등장.

과부 아무렴, 그래야지. 여기 순례자가 한 명 오네. 우리 집에 재워야
겠다. 여기선 서로 번갈아가며 손님을 받으니까. 말을 걸어 봐야
지. 순례하는 분, 어디 가시는 길인가요?

헬레나 생 제이크 르 그랑 성당이요. 순례자들이 어디에서 묵는지 가르
쳐주실 수 있나요?

과부 성문 곁에 있는 생 프랑시스 여관에서요.

헬레나 이리 가면 되나요? [멀리서 부대 행진 소리 들린다]

과부 네, 맞아요. 이리 행진을 하네. 순례자님, 병사들의 행진이 지나갈
때까지 조금만 기다려주시면 숙소로 안내해드리리다. 그 여관 주
인을 제 자신만큼 잘 알고 있으니까요.

헬레나 혹시 그 여관 주인이신가요?

과부 네, 그렇답니다.

헬레나 고마워요, 기다릴게요.

과부 프랑스에서 오시는 것 같은데, 맞지요?

헬레나 그래요.

과부 그럼 댁의 나라에서 온 귀족을 보실 수 있겠네요. 전투에서 큰 공

을 세웠대요.

헬레나 혹시 이름을 알고 계신가요?

과부 로시용 백작이라던데, 혹시 들어보셨나요? 50

헬레나 그냥 소문으로만 들었어요, 다들 좋게 이야기하던데, 얼굴은 못 보았지요.

다이아나 누구인지는 잘 몰라도, 여기에서는 용맹하다고들 하지요. 프랑스에서 도망왔다던데요. 왕이 억지 결혼을 시켰대요. 사실인가요?

헬레나 맞아요. 그의 부인을 제가 알거든요. 55

다이아나 백작을 모시고 있는 부하가 그 부인에 대해서 안 좋게 말하던 걸요.

헬레나 누군데요?

다이아나 파롤스 씨요.

헬레나 그 사람 말이 맞아요. 백작님이 가지고 있는 대단한 가치와 비교해본다면 그 부인은 너무 보잘것없어서 그 이름을 입에 올릴 가 60 치도 없을 정도에요. 그 부인이 가진 것이라고는 엄격하게 지켜온 정절인데, 그것만은 확실하다고 하더군요.

다이아나 아이고, 딱해라. 자기를 사랑해주지 않는 귀족의 아내가 된다는 건 너무 가혹한 일이에요. 65

과부 지금 그 부인이 어디 있는지는 몰라도 얼마나 가슴이 아프겠니. 그 부인이 원한다면 내 딸이 그 원수를 갚아줄 수 있는데.

헬레나 그게 무슨 말씀이신가요? 혹시 백작이 음탕한 생각으로 따님을 부정하게 유혹하고 있다는 말씀인가요?

70 **과부**   그렇다마다요. 우리 애의 순결을 더럽히기 위해서 온갖 방법을
　　　　　　다 동원하고 있답니다. 하지만 내 딸이 굳게 무장을 하고 절대 넘
　　　　　　보지 못하도록 조심하고 있답니다.

　　　　　　군악대와 기수들. 버트람, 파롤스, 전체 부대 등장.

마리아나   하나님, 지켜주시옵소서!
75 **과부**   저기 오네. 저분이 공작님의 장남인 안토니오, 저분은 에스칼루
　　　　　　스.

헬레나   말씀하신 프랑스 분은요?

다이아나   저기 새털을 꽂은 사람이에요. 아주 용감무쌍하대요. 부인을
　　　　　　사랑했으면 좋겠어요. 성실하기만 하면 아주 완벽할 텐데. 잘 생
80　　　　　기지 않았나요?

헬레나   정말 그러네요.

다이아나   진실치 못한 게 흠이에요. 그 뒤에 백작을 이 지경으로 만든
　　　　　　악당이 보이네요. 내가 만일 그 백작 부인이었다면 저 원흉에게
　　　　　　독약이라도 먹였을 거에요.

헬레나   누구요?

85 **다이애나**   스카프를 두르고 나대는 사람이요. 어라, 오늘은 풀이 죽었는
　　　　　　데요?

헬레나   아마 싸움터에서 다쳤는지도 모르지요.

파롤스   우리 부대의 북을 빼앗기다니![38] 미치겠군!

---

38. 당시 부대의 북은 그 부대의 깃발로 장식을 하였기 때문에, 북을 잃어버린다는 것
　　은 그 부대의 깃발을 잃어버리는 것과 같은 의미를 지녔다.

마리아나   아마 몹시 언짢은 일이 있나 봐요. 어마, 우리에게 아는 척을 하네요.

과부   에라, 목매달아 죽을 놈!

90

마리아나   인사는 무슨, 여자 꽁무니나 따라다니는 사기꾼 주제에!

버트람, 파롤스, 군대 퇴장.

과부   군대행렬이 지나갔으니, 순례자 양반, 숙소로 나랑 같이 갑시다. 우리 집에 생 제이크 성당으로 가는 순례자들이 서너 분 더 묵고 있답니다.

헬레나   정말 감사드려요. 여기 계시는 아주머니와 아가씨도 저녁에 초대 95 해주세요. 돈은 제가 낼 터이니 오시기만 하면 돼요. 그에 대한 보답으로 이 아가씨에게 들어두면 이득이 될 교훈도 전해드리지요.

마리아나와 다이아나   기꺼이 초대에 응하겠어요. [퇴장]

6장

플로렌스의 막사

버트람과 프랑스 귀족 두 명 등장.

귀족 1 백작님, 내버려 두세요. 그 사람 하겠다는 대로 두시면 됩니다.

귀족 2 그가 겁쟁이라는 사실이 드러나지 않거든 저를 내치십시오.

⁵ **귀족 1** 단언컨대, 그 사람은 거품에 불과합니다.

버트람 제가 지금까지 그 사람에게 속아왔다는 말씀인가요?

귀족 1 제가 겪어본 바대로 악의 없이 말씀드립니다. 사실 그자는 아주
대단한 겁쟁이이고 말로는 표현할 수 없는 악당인 데다가, 걸핏
¹⁰ 하면 약속을 깨뜨리는 자입니다. 좋은 점이라고는 하나도 없어
백작님 곁에 둘 가치가 전혀 없는 인간입니다.

귀족 2 그자를 간파하셔야 합니다. 그의 인품이 훌륭하다고 잘못 알고
너무 믿으시다 정작 중요한 위기의 순간에 큰 코 다치실 수 있습
¹⁵ 니다.

버트람 그 사람을 어떻게 시험해보아야 할지 모르겠소.

귀족 2 잃어버린 북을 찾으러 가게 내버려두시는 것이 제일 좋은 방법인
것 같습니다. 틀림없이 찾아오겠다고 큰소리를 치고 있으니까요.

²⁰ **귀족 1** 제가 플로렌스군 부대를 이끌고 그를 치겠습니다. 우리 편 병사
라는 것을 그 작자가 알지 못하게 말입니다. 그자를 묶고 눈을 가

려서 우리 막사로 데려오면, 그 작자는 틀림없이 적진으로 끌려
갔다고 생각할 겁니다. 그를 심문할 때에 옆에 계시기만 하면 됩 25
니다. 겁에 질린 나머지, 목숨을 살려주는 대가로 백작님을 배반
하고 자기가 알고 있는 백작님의 모든 불리한 정보를 다 불겠다
고 할 겁니다. 그리고 자기의 영혼까지 팔아넘기려고 할 겁니다. 30
제 말이 틀리면 저에 대한 신뢰를 전부 거두셔도 좋습니다.

귀족 2 정말 재미있겠는데요, 잃어버린 북을 찾아오라고 합시다. 이미
찾아올 묘책이 있다고 했으니까요. 그 인간의 민낯을 백작께서
보시고, 가짜 금덩어리가 어떤 광물을 녹여 만든 것인지 아신 연 35
후에도 그 인간을 동네북처럼 두들겨 패주지 않으신다면 백작님
은 영영 그 인간 손아귀를 벗어나지 못하실 겁니다. 여기 오네요.

파롤스 등장.

귀족 1 저 사람이 하고 싶은 대로 하라 하고 구경하는 게 재미있겠어요.
어떻게 해서라도 북을 찾아오라고 합시다.

버트람 무슨 일이오. 북을 잃은 게 아직도 몹시 언짢은 게로군. 40

귀족 2 잊어버려요, 그깟 북 하나 가지고 뭘 그러시오.

파롤스 그깟 북 하나라니! 그게 그냥 북이 아니잖습니까? 북을 잃어버리 45
다니! 지휘를 아주 잘하셨습니다그려. 아군 쪽으로 기수를 돌려
서 우리 군사들을 산산이 흩어지게 하시다니!

귀족 2 작전 명령에 대해 왈가왈부하면 안 된다는 걸 알지 않소. 시저가
지휘를 했더라도 피할 수 없었던 위급상황이었으니까요. 50

버트람 이미 벌어진 일에 대해 비난하면 뭐하겠소. 북을 잃어버려서 불

명예스럽긴 하지만 되찾을 방법이 없지 않소.

55 **파롤스** 되찾을 수도 있었지요.

버트람 설사 그랬다 하더라도 이미 지나간 이야기요.

파롤스 아직도 가능합니다. 훈장을 승리에 기여한 사람에게 제대로 주기만 한다면야, 제가 목숨을 걸고 북을 다시 찾아오든지 아니면 적의 북이라도 빼앗아 올 궁리를 할 것입니다.

60 **버트람** 그럴 용기가 있으면 한 번 해보시오. 명예의 상징을 제 자리로 되돌려 놓을 자신이 있다면, 큰 맘 먹고 실행해보시오. 그처럼 가치 있는 일을 시도하는 걸 높게 평가하겠소. 만일 성공한다면 공작

65 님께 아주 잘 말씀드려 거기에 맞는 보상을 내리시도록 하고 댁의 명예를 한껏 높여 드리리다.

파롤스 군인의 명예를 걸고 제가 해내겠습니다.

버트람 단 꾸물거리지 말고 바로 시행해야 하오.

70 **파롤스** 바로 오늘 저녁에 돌입하겠습니다. 내가 여러 경우를 연구해보고 확실하다는 믿음을 가진 후에 죽을 각오를 하고 거사를 준비하겠습니다. 자정까지는 결과를 알게 되실 겁니다.

75 **버트람** 공작님께 당신의 일에 대해 귀띔해드려도 되겠소?

파롤스 결과는 장담할 수 없으나 맹세코 일단 실행은 해보겠습니다.

버트람 그대의 용맹에 대해서는 내가 이미 잘 알고 있소. 전투 능력을 발휘하여 그걸 증명하면 돼요. 잘 다녀오시오.

80 **파롤스** 저는 말이 앞서는 것을 싫어합니다. [퇴장]

귀족 1 차라리 물고기가 물을 싫어한다는 말을 믿겠다. 이 일을 해낼 수 있다고 그처럼 자신 있게 말하는 게 이상하지 않나요? 불가능하

다는 걸 뻔히 알면서 말이에요. 못 하겠다고, 차라리 저주를 받겠 다고 실토하는 게 더 나을 텐데, 다 자업자득이지요.   85

귀족 2 백작께서는 저 사람을 우리만큼 잘 알지 못하십니다. 다른 사람의 호감을 산 뒤에 들키지 않고 한 일주일 정도는 버틸 수 있지만 일단 정체가 드러나고 나면 그걸로 관계가 끝나는 인간입니다.   90

버트람 본인이 그처럼 심각하게 해내겠다고 하는데 그걸 믿지 않는 거요?

귀족 1 절대로 못할 겁니다. 잔머리를 굴린 후에 돌아와선 몇 가지 거짓말을 늘어놓을 겁니다. 하지만 우리가 그 작자에게 덫을 쳐놓았으니까 오늘 밤 거기에 걸리는 걸 보실 수 있을 겁니다. 절대로   95 백작님의 신뢰를 받을 만한 위인이 못됩니다.

귀족 2 그 여우의 가면을 벗기기 전에 우리가 재미있는 놀이를 보여드릴 겁니다. 그 작자의 낌새를 처음으로 알아챈 것은 라퓨 어르신입니다. 탈을 벗기면 그 인간의 진면목이 나타날 겁니다. 오늘 밤에   100 확인하도록 해드리지요.

귀족 1 전 쳐놓은 함정을 확인하러 가야겠습니다. 오늘 밤에는 잡힐 겁니다.

버트람 그렇담 댁은 나랑 같이 가십시다.

귀족 1 그렇게 하시지요. 저 먼저 갑니다. [퇴장]   105

버트람 나랑 같이 가면 내가 이야기한 그 아가씨를 보여드리리다.

귀족 2 하지만 아주 정숙한 처녀라고 하셨잖아요.

버트람 그게 문제야. 딱 한 번 이야기를 나누어보았는데 아주 차갑게 대하더군. 내가 멋쟁이 허풍선이를 시켜서 선물이랑 편지를 보냈더   110

니 죄다 되돌아왔어. 아직 그 정도야. 예쁘게 생기긴 했어. 한 번 보아주겠소?

귀족 2 당연히 그래야지요. [퇴장]

7장

플로렌스. 과부의 집

헬레나와 과부 등장.

헬레나 만일 제 말씀을 믿지 않으신다면 직접 백작님과 대면하는 것 말
고는 제가 누구인지 더 이상 확신시킬 방법이 없어요.

과부 제가 지금은 이런 꼴이지만 원래는 지체 있는 집안 출신이고 이
런 일을 해본 적이 없어요. 남에게 비난 받을 수도 있는 일에 끼 5
어들고 싶지 않네요.

헬레나 저도 그렇게 되길 원하지 않아요. 먼저, 백작님이 제 남편이라는
걸 믿어주세요. 비밀을 지켜주신다 해서 말씀드렸고, 모든 내용
이 다 사실이니까요. 댁이 호의를 베푸시고 제가 그걸 이용한다 10
해서 댁에게 손해가 될 건 하나도 없습니다.

과부 댁을 믿지요. 지체가 아주 높으신 분이라는 것을 이미 증명하셨
으니까요.

헬레나 이 금화자루를 받으세요. 댁의 호의에 보답하고 싶어요, 그리고
잘 되면 더 많은 액수를 드리겠어요. 백작님이 댁의 따님의 미모 15
에 반하여 어떻게 해보려고 끈질기게 유혹하고 계시잖아요. 따님
을 설득해서 우리가 시키는 대로 백작님의 청을 들어주겠다고 하
는 거예요. 그러면 육체적 충동에 휩싸여서 따님이 뭘 요구하든 20

지 들어주시겠지요. 백작님이 끼고 계신 반지는 대대로 가문의
상속자에게 물려주는 거랍니다. 그래서 백작님도 그 반지를 가장
25 소중하게 여기지요. 하지만, 비록 나중에 후회를 할지언정, 당장
의 욕심을 채우기 위해서 내줄 거에요.

과부 이제 당신의 뜻을 알겠어요.

헬레나 합법적이라는 걸 아시겠지요. 따님께서는 그저 원하는 대로 들어
30 주는 척하면서 그 전에 그 반지를 달라 하고 만날 약속만 하면 됩
니다. 요컨대, 그 약속을 제가 대신 실행하고 따님은 안전하게 피
하는 거지요. 나중에 따님이 결혼할 수 있도록 이미 건네 드린 돈
35 외에 삼천 크라운을 더 드리겠습니다.

과부 그렇게 하지요. 제 딸에게 이 합법적인 속임수를 실행하기 위해
가장 좋은 시간과 장소를 정하도록 가르쳐주세요. 백작님이 밤마
40 다 온갖 악기를 동원해서 보잘 것 없는 제 딸을 위해 작곡한 노래
를 들려주고 있어요. 목숨이라도 건 것처럼 적극적으로 하니까
달리 막을 도리도 없답니다.

헬레나 그럼 오늘 밤에 우리 계획을 써봅시다. 남부끄러운 의도라 해도
45 적법한 행위를 통해서 좋은 결과가 나오면 떳떳한 의도를 가지고
정당한 행위를 한 셈이 되니까요. 결과가 어떻든 간에 떳떳치는
못해도 죄를 범하는 것은 아니에요. 그러니까 해보시자구요. [퇴
장]

4막

1장

플로렌스 막사 근처

프랑스 귀족 1이 대여섯 명의 군사들과 함께 등장.
그들은 매복 중이다.

귀족 1 그 인간은 반드시 이 덤불 울타리를 지나가게 되어있어. 아무렇
게나 아주 시끄럽게 소리 지르면서 달려들어. 너희들도 알아듣지
5 　　못하는 말을 쓰라구. 그 인간이 뭐라 하든 못 알아듣는 척하다가
너희들 중의 하나가 통역관으로 나서는 거야.

군사 1 제가 통역관으로 나서겠습니다.

귀족 1 그 사람과 서로 아는 사이는 아니겠지? 네 목소리를 알아채면 큰
일이야.

10 **군사 1** 절대 그럴 리 없습니다.

귀족 1 우리에게 횡설수설 지껄일 말도 생각해놓아야 하는데?

군사 1 방금 지시하신 대로 하겠습니다.

귀족 1 우리를 상대편 진영의 외국 용병이라고 믿게끔 해야 해. 그자가
15 　　여러 나라 언어들을 조금씩은 알고 있거든. 그러니까, 그 녀석 들
으라고 우리끼리도 알아듣지 못하는 말들을 마음대로 지껄이는
거야. 우리가 서로 알아듣고 이야기하는 척만 해도 우리 계획은
20 　　충분히 성공하는 거니까. 그리고 자네, 통역관은 말이야, 아주 신

중하게 해야 해. 어, 숨어라. 저기 온다. 두어 시간을 잠으로 때우고 돌아와선 거짓말로 둘러댈 작정이로구먼.

파롤스 등장.

파롤스 열 시라, 세 시간 안에 돌아가야 할 텐데. 무슨 말을 해야 하나? 25 먹혀들려면 뭔가 그럴듯한 핑계거리를 생각해 내야 하는데. 다들 나에 대해 낌새를 맡은 것 같아, 자꾸만 내가 망신당할 일을 만드는 것 같거든. 내 혀가 너무 방정맞아 탈이야. 큰소리를 마구 쳐대지만 내 속마음에서는 마스 군신과 부하들만 보면 겁이 덜컥 30 나서, 그걸 감히 실행할 수가 없어.

귀족 1 네 혀가 내뱉는 최초의 진실이렷다.

파롤스 도대체 어느 악마가 날 홀려서 북을 되찾겠다고 큰소리를 친 걸까? 불가능하다는 걸 뻔히 아는 터에, 시도해 볼 마음도 없으면서 35 말이야. 내 몸에 자해를 입히고서 싸우다가 입은 상처라고 해야지. 하지만 웬만한 상처로는 먹혀들지 않을 텐데. "겨우 고까짓 상처를 입었다고 도망쳤단 말이야?" 라고 말하겠지. 하지만 무서워서 큰 상처는 도저히 못 내겠어. 도대체 왜 이런 일을 하겠다고 40 나섰을까? 내가 이 혀를 버터장수 아줌마 입에다 넣어버리고 대신 바자젯의 노새를 살까보다.[39] 맨날 날 곤경에 빠뜨리니 말이야.

귀족 1 자기 주제를 저렇게 잘 파악하면서도 행동은 영 딴판이라니, 믿

---

39. 바자젯의 노새(Bajazeth's mule): 민담에 나오는 노새로서, 주인이 입을 벌릴 때에만 말을 한다고 함.

기 어려워!

파롤스 내 옷을 찢든가 아님 스페인산 검이라도 부러뜨려야 할 것 같아.

귀족 1 그렇게 하도록 가만 둘 우리가 아니지.

50 **파롤스** 아님 내 수염을 깎아 버리고, 작전상 그리한 거라고 말하든지.

귀족 1 그걸로도 어림없지.

55 **파롤스** 내가 성벽 창문으로 뛰어내렸다고 우겨봤댔자―

귀족 1 높이가 얼마인데?

파롤스 삼십 페이덤.⁴⁰

귀족 1 아무리 맹세를 한들, 그 말을 누가 믿겠어.

60 **파롤스** 어떤 거라도 좋으니 적의 북을 하나 손에 넣었으면 좋으련만. 그럼 내가 북을 되찾았다고 우길 수 있는데.

귀족 1 그 북소리가 곧 들리게 될 걸.

파롤스 적의 북을 하나만이라도―

안에서 북소리가 들린다.

귀족 1 트로카 모부수스, 카르고, 카르고, 카르고.

65 **군사들** 카르고, 카르고, 카르고. 빌리안다 파 코르보, 카르고. [그를 포획한다]

파롤스 오, 몸값을 내겠소! [군사들이 그의 눈을 가린다.] 내 눈을 가리지 마오.

군사 1 보스코스 쓰로물도 보스코스.

70 **파롤스** 무스코스 부대인가보네.⁴¹ 대화가 안 되니 자칫 목숨을 잃게 생겼

---

40. 페이덤(fadom): fathom을 의미. 6피트, 혹은 1.8미터. 따라서 육 페이덤은 54미터를 의미한다(wikipedia 참조).

어. 혹시 독일어, 덴마크어, 네덜란드어, 이탈리아어, 프랑스어 중
에서 하나 할 수 있는 사람 없소? 내가 플로렌스 군을 섬멸할 수
있는 비책을 알려드리겠소.[42]

군사 1 보스코스 바우바도. 내가 네 말을 알아들을 수 있다. 케레리본토. 75
하늘에 목숨을 맡기는 게 나을걸. 지금 무려 열일곱 자루의 검이
너의 가슴을 겨누고 있단 말야.

파롤스 오, 맙소사!

병사 1 기도를 해! 만카 레바니아 덜체.

귀족 1 오스코르비둘코스 볼리보르코.

병사 1 장군께서 일단 널 살려두는 데 동의하셨다. 눈을 가린 채로 정보 80
를 좀 수집하라고 하신다. 만일 중요한 정보를 제공하면 네 목숨
을 구할 수도 있을 거야.

파롤스 제발 목숨만 살려주시오. 우리 진영의 모든 정보를 다 드리리다.
병력, 작전 등 궁금하신 사항들을 죄다 말씀드리겠습니다. 85

병사 1 진실대로 고할 거지?

파롤스 거짓말로 판명되면 날 죽이시오.

병사 1 아코르도 린타. 자, 일단 따라와. [파롤스의 눈을 가린 채로 함께 퇴장]

안에서 짧게 북소리가 들린다.

---

41. 무스코스(Muskos): Muscovite, 즉 러시아 사람들을 가리킴.
42. 파롤스(Parolles)라는 이름 자체가 프랑스어로 parole, 즉 말, 언어, 언어능력 등을
가리킨다. 그가 여러 나라 언어를 조금씩 다 알고 있다는 사실, 그리고 그럼에도
불구하고 언어가 안 통해서 목숨을 잃게 생겼다고 걱정하는 것이 아이러니컬하다.

귀족 1 로시용 백작님과 나의 형님께 가서 새를 잡았다고 말씀드려. 지시를 하실 때까지 어둠 속에 가두어 두겠다고 말이야.

병사 2 알겠습니다.

귀족 1 우리들에 대한 내용을 다 털어놓을 거라고 말씀드려.

병사 2 그렇게 하겠습니다.

귀족 1 그때까지 어둠 속에 가두고 단단히 지키고 있겠다. [퇴장]

2장

플로렌스. 과부의 집

버트람과 다이아나 등장.

버트람 네 이름이 폰티벨이라고 하더구나.[43]

다이아나 아니옵니다. 다이아나입니다.

버트람 여신 이름을 가질 만해, 그 이름이 잘 어울리는구나. 하지만 아름

다운 그대는 사랑을 모른단 말이지? 사랑의 젊은 불꽃으로 마음 5

이 흔들린 적이 없다면 그대는 처녀가 아니라 비석과 다를 바가

없어. 죽은 후에도 지금과 똑같을 테니까. 그대가 차갑고 완고하

다면 말이야. 그대 어머니가 그대를 잉태할 때처럼 해봐. 10

다이아나 그 때 제 어머니는 순결하셨어요.

버트람 그대도 그렇게 해야지.

다이아나 아니에요. 제 어머닌 의당 해야 할 일을 하신 거에요. 백작님께

서 부인께 해야 하는 것과 같은 의무지요.

버트람 그 이야긴 더 듣고 싶지 않아. 내가 한 맹세를 거스르라고 하지 15

마.[44] 내 의지와는 관계없이 맺어졌으니까. 하지만 난 그대에게

---

43. 폰티벨(Fontybell): 1596년 칩사이드(Cheapside)에 세워진 다이아나 여신 동상 곁
에 샘이 있기는 했는데 그 샘 이름이 폰티벨이라는 기록은 없다고 함. 이 시점에서
버트람이 왜 다이아나를 그러한 이름으로 착각하고 있는지는 알 수 없음.
44. 그의 맹세: 헬레나를 부인으로 여기지 않겠다는 버트람의 맹세.

강렬한 사랑의 힘으로 끌리고 있어. 영원히 그대를 위해 온 힘을 다하겠소.

다이아나 쓸모가 있을 동안만 신경을 쓰시겠죠. 나의 장미꽃을 꺾자마자 내가 그 가시에 찔리는 걸 보고 흉하다고 조롱하실 거면서.

20 **버트람** 내가 그렇게 맹세했는데도 믿지 못하는구나.

다이아나 맹세를 많이 한다고 해서 진실이 되지는 않지요. 딱 한 번 하는 자연스러운 맹세가 훨씬 진실해요. 우리가 맹세를 할 때에는 세속적인 것이 아닌 가장 신성한 이름에 걸지요. 제가 만일 제우
25 스 신을 걸고 당신에게 사랑의 맹세를 하면 실제로는 그렇지 않음에도 불구하고 저를 믿으실 건가요? 사랑의 맹세만 하고 실행을 하지 않는다면 맹세 따윈 아무 의미가 없어요. 백작님의 맹세
30 는 믿을 수 없는 빈말에 불과합니다. 이게 제 생각이랍니다.

버트람 절대 그렇지 않소. 마음을 바꿔요. 그처럼 근엄하고 냉정하면 안되오. 사랑은 신성한 것이오. 당신이 생각하는 남자들의 잔꾀에 대해서 나는 아는 바가 없소. 쌀쌀맞게 굴지 말고 미칠 것 같은
35 나의 욕망을 받아주어요, 그래야 내 상사병이 나을 터이니. 그대는 내 것이라고 말해주오, 그러면 나의 사랑은 영원할 거요.

다이아나 남자들이 이처럼 저돌적으로 나오니까 여자들이 허락할 수밖에 없게 되나 봐요. 그 반지를 주세요.

40 **버트람** 그대에게 빌려줄 수는 있지만 아예 줄 수는 없소.

다이아나 주시지 않겠다고요?

버트람 이건 우리 집안에서 오랫동안 대를 물려 내려오는 가보요. 만일 내가 잃어버리면 씻을 수 없는 불명예가 된다는 말씀이요.

다이아나 저의 순결도 그 반지와 같사옵니다. 대대로 물려 내려오는 우 45
리 집안의 가보이고, 만약에 잃게 된다면 커다란 치욕을 당하는
거니까요. 그 시기적절한 말씀 덕분에 하마터면 헛된 유혹에 넘
어가 잃을 뻔한 저의 순결을 지켜야 한다는 생각이 듭니다.

버트람 여기 있으니 받으시오. 나의 가문, 나의 명예, 그리고 나의 목숨 50
도 당신의 것이오. 당신이 시키는 대로 하겠소.

다이아나 한밤중에 제 방 창문을 두드리세요. 어머니께서 듣지 못하시도
록 조처를 해놓을게요. 백작님께서 꼭 지키셔야 할 사항을 말씀 55
드릴게요. 저의 순결을 차지하신 뒤 한 시간 내로 가셔요. 저에게
말을 걸지도 마셔요. 꼭 따라주셔야 하는데, 나중에 이 반지를 돌
려받으실 때에 그 이유를 아시게 될 거에요. 그리고 오늘 밤에 제
가 다른 반지를 끼워드릴게요. 나중까지 우리의 추억을 증명하기 60
위해서예요. 절대 잊지 마시고요, 이따 봬요. 저의 장래가 끝장
나는 대가로 백작님께서는 저를 가지시는 거에요. 65

버트람 그대를 향한 구애의 대가로 이승에서 천당을 얻었구려. [퇴장]

다이아나 언젠가는 저와 하늘에 감사하는 날이 올 거에요! 틀림없이. 어
쩜 어머니가 백작님이 이러이러하게 구애할 것이라고 말씀하신
그대로였어. 마치 그 속에 들어가 보시기라도 한 것 같아. 어머니 70
께서 모든 남자들의 맹세가 다 똑같다고 하셨는데. 자기 아내가
죽으면 나와 결혼하겠노라고 맹세했지. 그래서 무덤까지 같이 가
자고. 프랑스 사람들이 그처럼 사기꾼들이라면 결혼하느니 차라
리 처녀로 죽을 테야. 이렇게 속이는 것이 죄가 되지는 않겠지. 75
부당하게 얻으려 하는 것을 막는 거니까. [퇴장]

3장

플로렌스 막사

프랑스 귀족 1, 2, 두세 명의 병사 등장.

귀족 1 백작님의 어머니께서 보내신 편지를 전해 드렸나요?

귀족 2 한 시간 전에 전해드렸지. 뭔가 마음에 찔리는 내용이 있는지, 다 읽고 나서는 안색이 달라지던데.

5 **귀족 1** 그처럼 정숙하고 아름다운 부인을 거부했으니 비난을 받아도 싸지요.

귀족 2 특히 폐하의 진노를 샀다더군. 늘 백작님의 행복을 기원하셨었는

10 데. 내가 너한테만 살짝 귀띔할 터이니 절대 비밀로 해야 한다.

귀족 1 염려 마세요.

귀족 2 여기 플로렌스에 정절이 굳기로 유명한 처녀가 있는데, 백작님이 그 여자에 눈독을 들이시고, 오늘 밤에 끝장을 볼 거래. 그 중요

15 한 백작님 가문의 반지를 그 여자에게 주시고 떳떳치 못한 거래 성사에 성공했다고 좋아하고 계셔.

귀족 1 오, 하나님, 저희는 그런 나쁜 짓을 하지 않도록 도와주소서. 하나님이 도우시지 않는다면 우리는 어떻게 될까요!

20 **귀족 2** 우리 자신을 완전히 배신하겠지. 반역하면 나중에 예외 없이 드러나고 비참한 종말을 맞게 되는 걸 여러 번 보아 왔잖아. 이번에

백작님도 품위를 손상하는 일을 하셨으니 나중에는 거기에서 헤
어나지 못하실 거야.

귀족 1 그릇된 일을 저지르고 그걸 자랑하고 다닌다면 도덕적으로 큰 문 25
제가 있는 거겠지요? 그렇담 오늘 저녁에는 백작님을 만나기 어
렵겠네요?

귀족 2 자정이 지나야 할 거야. 그렇게 약속을 정한 걸로 알고 있어.

귀족 1 조금만 있으면 자정이에요. 그 작자를 심문하는 장면을 보여드려 30
야지. 이 사기꾼을 그처럼 신뢰하신 판단력을 재고하시도록 말이
에요.

귀족 2 백작께서 오실 때까지 그 작자를 건들지 말고 두어. 아마 가만 두
시지 않을 거야. 35

귀족 1 그동안에 전쟁에 관한 소식 있으면 말해주세요.

귀족 2 평화 교섭을 진행 중이라던데.

귀족 1 이미 평화 협정에 조인했다던데요.

귀족 2 그렇담 루시용 백작님은 어떻게 하실라나? 이태리 고지대로 더
진군하시려나 아님 프랑스로 돌아가시려나? 40

귀족 1 그렇게 말씀하시는 걸 보니 백작님 사정을 잘 모르시는군요.

귀족 2 당치않은 말씀! 어쨌거나 좀 더 들어보고 싶네.

귀족 1 백작님의 부인이 두어 달 전에 집을 떠났대요. 성 제임스 성당[45] 45
으로 순례를 하신다고요. 그리고 아주 혹독하고 금욕적으로 순례
를 마치시고 쉬시던 중, 나약한 천성이 슬픔을 이기지 못하여 그만
세상을 떠나셨대요. 지금은 천당에서 노래를 부르고 계신답니다. 50

---

45. 성 제임스 성당에 대해서는 81쪽 주 37을 참조할 것.

귀족 2 어떻게 그 이야길 믿어?

귀족 1 본인이 쓴 편지가 제일 중요한 증거랍니다. 돌아가시는 순간까지 기록하셨대요. 사망 자체는 물론 본인이 밝힐 수 있는 사항이 아니지요. 고맙게도 그 지역의 사제가 확인해 보냈더랍니다.

귀족 2 백작님이 이 모든 사실을 알고 계셔?

귀족 1 모든 증거와 함께 세세한 사항까지 다 알고 계십니다.

귀족 2 백작께서 이 소식에 기뻐하셨으리라 생각하니 몹시 언짢군.

귀족 1 소중한 것을 잃고도 좋아하는 경우가 많다마다요.

귀족 2 그런가 하면 정말로 좋은 것을 얻고도 슬퍼하는 경우도 많지! 여기에서 뛰어난 전공으로 얻은 명예도 프랑스에서 받을 굴욕으로 헛것이 되고 말 거야.

귀족 1 인생은 좋은 것과 나쁜 것이 한데 섞여진 실로 짠 천과 같지요. 우리의 단점들이 때때로 혼내주지 않으면 우리의 장점들이 방자해지겠지요. 반대로 우리의 장점들이 도와주지 않으면 우리가 진죄는 전혀 보속할 가망이 없게 되고요.

메신저 등장.

무슨 일이지? 주인 어르신은 어디 계시느냐?

메신저 길을 지나던 중 공작님과 마주치게 되어 출발 허가를 받으셨습니다. 내일 아침에 프랑스로 떠나신답니다. 공작님께서 국왕폐하께 백작님을 칭송하는 내용의 편지도 써주셨습니다.

귀족 2 아무리 대단한 칭찬의 글을 가져가도 우리 폐하께서는 미동도 안하실 거야.

버트람 등장.

귀족 1 웬만한 단맛 가지고는 폐하의 시름함을 거둘 수 없을 텐데요. 여기 백작님이 오시는군요. 백작님, 자정이 넘은 시각에 어인 일이 ₈₀ 십니까?

버트람 오늘 밤 나는 무려 열여섯 개나 되는 일들을 해치웠소. 내 무용담을 몇 개만 들자면, 공작님을 뵙고 작별인사를 나누었고, 공작님의 친지들에게도 인사를 드렸고, 내 아내의 장례를 치르고 애도를 했으며, 어머님께 돌아간다는 내용의 편지를 보내드리고, 마 ₈₅ 차를 빌리고, 그 틈새 시간에 많은 다른 일들도 처리했소. 가장 큰 일이 아직 남아있긴 해요. 그 일만 처리하면 됩니다.

귀족 2 그게 힘든 일이라면 빨리 서두르셔야겠습니다, 오늘 아침 떠나셔 ₉₀ 야 하니까요.

버트람 추후 말썽의 소지가 있어서 그 일이 아직 안 끝났다고 하는 거요. 이제 그 얼간이와 병사의 심문을 들을까요? 자, 철학적인 선지자처럼 나를 속여 온 사기꾼을 대령시키시오. ₉₅

귀족 2 그자를 데리고 와라. [병사들 퇴장] 그 악당에게 미안하긴 하지만 밤새 차꼬를 채워놓았습니다.

버트람 괜찮소. 오랫동안 용맹한 척 해왔으니 그래도 싸지요. 그의 반응 ₁₀₀ 이 어땠소?

귀족 2 차꼬를 채웠다고 말씀드렸지요? 하신 질문에 대답 드리자면, 우유를 쏟아버린 여자애처럼 울면서 모건이 신부인 걸로 착각하고 ₁₀₅ 그에게 다 털어놓더군요. 어렸을 적부터 차꼬를 쓰게 된 현재 불운의 시점까지 죄다 말입니다. 어떤 내용일 거라고 생각하십니까?

버트람 설마 나에 대한 것은 없었겠지?

110 **귀족 2** 그자를 데려다 놓고 그자가 이미 털어놓은 내용을 읽어드리겠습니다. 백작님에 관한 것도 있을 것 같은데, 들으시려면 인내심이 필요하실 것 같습니다.

병사들이 파롤스를 데리고 등장. 병사 1은 통역관 역할을 한다.

115 **버트람** 이런 나쁜 놈! 눈을 잘 가려! 나에 대해 할 말이 뭐가 있다고!

귀족 1 [버트람에게 방백] 쉬! 조용히 하십시오. 여기 옵니다. [큰소리로] 포르토 사르사 로사.

병사 1 고문을 하라고 하신다. 고문이 싫으면 빨리 실토를 해라.

파롤스 무엇이든지 다 실토하겠습니다. 저를 고기만두처럼 오그라들게

120 하시면 말씀드릴 수가 없습니다.

병사 1 보스코 치무르초.

귀족 1 보블리 빈도 치쿠르 무르코.

병사 1 알겠습니다, 장군님. 우리 장군님께서 적어 오신 내용에 대해 내가 물으면 답하라고 하신다.

125 **파롤스** 물론입죠, 살고 싶으니까요.

병사 1 [읽는대] 첫째, 공작의 기마병의 숫자를 물어보라. 답해 봐.

파롤스 오륙천 정도입니다. 하지만 병약해서 별로 도움이 안 됩니다. 부대들이 흩어져있고 장교들도 형편없는 인간들입니다. 저의 평판

130 과 신용을 걸고, 목숨을 부지하기 위해서 말씀드립니다요.

병사 1 그대로 기록해도 되겠느냐?

파롤스 네. 마음대로 쓰십시오. 제가 보장하겠습니다.

버트람 저 인간 눈에는 다 똑같게 보이겠군. 이런 천하에 고얀 놈!　　135

귀족 1 그동안 감쪽같이 속으셨습니다. 바로 이자가 자기표현대로 하자면 아주 용맹무쌍한 전사인 파롤스 씨올시다. 스카프의 매듭에 모든 전술을, 단검 칼집 끝에 씌운 쇠에 실전요령을 달고 다니는 전쟁의 대가이지요.　　140

귀족 2 이제부터는 칼을 단정하게 관리한다는 이유로 그 사람을 신뢰하지 않겠습니다. 또한 복장을 깔끔하게 하고 다닌다 해서 그 사람의 됨됨이를 신뢰하는 일도 없을 것입니다.

병사 1 네가 말한 대로 다 적었다.

파롤스 "말 오륙천 필"이라고 했지요. 보다 정확하게 "대개 그 정도"라　145
고 쓰시지요. 사실대로 말씀드리는 것이 중요하니까요.

귀족 1 이건 사실에 가까운데요.

버트람 그렇다고 해서 고마워할 생각은 없소, 지금 적에게 실토하는 거니까.

파롤스 "형편없는 인간들"이라는 것도 꼭 넣으세요.　　150

병사 1 그 말도 적었다.

파롤스 감사드립니다. 정말 형편없는 인간들이 맞거든요.

병사 1 [읽는데] 보병의 규모는 얼마인지 그에게 물어보라. 여기에 대해 답해봐.　　155

파롤스 제 목숨만 부지해주신다면 다 털어놓겠습니다. 그러니까, 스퓨리오가 150, 세바스찬도 그 정도, 코람부스도 그 정도, 제이크스도

160   그 정도이고, 길티언, 코스모, 로도위크와 그라티이가 각각 250,
       제가 속한 부대, 키토퍼, 바우몬드, 벤티이가 각기 250, 레벨은
       각기 다르지만 다 합하여 만오천 두 정도 됩니다. 그중에 절반은
       행여 자기 몸이 조각날까 봐 무서워서 군복 외투 위에 쌓인 눈도
165   못 터는 족속들입니다.

버트람 저 녀석에게 어떻게 하면 좋을지?

귀족 1 그냥 고맙다고 하는 수밖에요. 저놈에게 나에 대해 물어봐, 공작
       님이 나를 어떻게 평가하시는지.

170 **병사 1** 그대로 적었다. [읽는데] 그쪽 진영에 프랑스인 듀메인 대위가 있
       는지, 공작님 평가는 어떠한지, 용맹성과 정직성, 전술 등은 어떠
       한지, 반란을 일으키도록 매수할 수 있는 대상인지 물어보라. 여
175   기에 대해 대답해. 아는 바가 있나?

파롤스 심문에 대해 구체적으로 답할 수 있도록 하나씩 물어봐주시오.

병사 1 듀메인 대위를 아는가?

180 **파롤스** 물론입죠. 파리에서 재단사의 견습생으로 일했죠. 싫다는 표현도
       못 하는 순진한 백치 여자를 임신시킨 죄로 흠씬 두들겨 맞았습
       니다요.

버트람 잠깐 손을 멈추시오. 어차피 저놈의 머리에 벽돌이 곧 떨어지게
185   되어있으니까.

병사 1 이 대위가 플로렌스 공작 진영에 속해있나?

파롤스 틀림없습니다. 아주 비열한 인간입니다.

190 **귀족 1** 공작은 그를 어떻게 평가하는가?

파롤스 공작은 그를 제 휘하의 부사관 정도로 생각하시고 며칠 전에 그

를 축출하라는 전갈을 보내셨습니다. 그 편지가 제 주머니에 있

을 겁니다.

병사 1 어디 한 번 찾아보자.   195

파롤스 사실을 말씀드리자면, 생각이 나질 않아요. 주머니에 들어있는지,

아니면 공작께서 보내신 다른 여러 편지들과 함께 내 막사의 서

류함에 들어있는지 확실하지 않아요.

병사 1 여기 편지가 있는데. 읽어도 되겠지?

파롤스 그 편지가 아닐 텐데요.   200

버트람 통역이 아주 능수능란하군.

귀족 1 명 통역입니다.

병사 1 [읽는다] 다이안, 백작은 가진 거라고는 돈밖에 없는 바보요.

파롤스 그건 공작님이 보내신 편지가 아니요. 다이아나라고 하는 플로렌

스의 정숙한 처자에게 보내는 충고 편지요. 루시용 백작이라는   205

자의 꼬임에 넘어가지 말라고요. 어리석고 게으른데다가 아주 음

탕한 자거든요. 그 편지는 돌려주십쇼.

병사 1 아니, 이 편지를 마저 읽어야겠다.

파롤스 그 처녀를 위해서 진심으로 쓴 것입니다. 그 젊은 백작은 위험천   210

만한 호색한이어서 처녀들만 보면 고래가 물고기 떼 삼키듯이 죄

다 삼켜버리거든요.

버트람 저런 저주 받을 이중인격자 같으니!

병사 1 [읽는다] 그가 굳은 맹세를 하거들랑 금화를 요구하고 챙기시오.

뜻을 이룬 뒤에는 절대 빚을 갚지 않아요.   215

선불을 받으면 절반은 성공한 셈이니 조심하세요.

그는 사후 지불을 절대 하지 않으니 미리 받아야 해요.

다이아나, 어떤 병사가 이렇게 말하더라고 전해요.

220 진짜 남자들을 상대하고 애송이하고는 키스도 하지 말랬다고.

이 백작으로 말할 것 같으면 바보이고

선불은 해도 후불은 절대 안 한다오.

그대의 귀에 속삭이는 자 만큼이나 그대를 사랑하는

파롤스 씀.

225 **버트람** 이 시를 이마에 붙여서 군대 사이로 끌고 다니면서 매질을 하도록 하라.

귀족 2 백작님의 절친이 이 모양입니다. 여러 언어를 할 줄 알고 백전백승한다는 전사이지요.

버트람 난 고양이를 제일 싫어하는데, 이제 이 자가 나에겐 고양이로 보

230 이오.

병사 1 장군님의 표정으로 보아, 아무래도 널 교수형에 처해야 할 것 같다.

파롤스 제발 목숨만 살려주시오. 죽는 게 두려워서 그런 게 아니고, 죄를 너무 많이 지어서 여생동안 회개를 해야 할 것 같아서입니다. 제

235 발 지하 감옥이나 차꼬 등 어떤 벌도 좋으니 목숨만 살려주시오.

병사 1 한 번 고려해보도록 하마, 그러니 사실대로 다 털어놓아. 듀메인 대위에 대해서 다시 묻겠다. 공작의 평가, 그의 용맹도 등에 대해

240 답했으니 정직성은 어떠한지 말해봐.

파롤스 그 사람은 수도원에서 달걀을 훔치고도 남을 작자입니다. 강간과 겁탈에 관한 한 네서스와 비슷합니다.[46] 맹세를 지키지 않겠다고

공언하는데, 맹세를 깨는 일에는 헤라클레스를 능가합니다. 거짓 말도 어찌나 그럴 듯하게 하는지 진실을 거짓으로 만들지요. 그 에게는 술에 만취했을 때가 가장 선한 때에요. 만취해가지고 잠 245 이 들면 남에게 해를 끼치지는 않으니까요. 침대 시트만 더럽혀 질 뿐. 사람들이 그걸 잘 아니까 아예 밀짚 위에다 눕힌답니다. 그의 정직성에 대해선 할 이야기가 없어요. 정직한 사람들이 가 지고 있지 않은 모든 점들을 다 가진 자니까요. 정직한 사람들이 250 가지고 있는 점들은 하나도 가지고 있지 않다는 말씀이지요.

귀족 1 저 작자의 이야기를 들으니 호감이 생기는데요.

버트람 그대의 정직성에 대한 이야기 말이요? 이런 빌어먹을 자식! 나에 겐 점점 더 고양이로 보이는데. 255

병사 1 전투 숙련도는 어떠한가?

파롤스 그가 북을 쳤다하면 그건 전쟁터가 아니라 영국의 서커스 공연에 서였겠지요.[47] 그의 전투력에 관해서는 별로 드릴 말씀이 없어요. 260 마일엔드라는 곳에서 훈련장교로 있었다는데, 기껏해야 병사들 줄 세우기 정도 가르쳤겠지요.[48] 기왕이면 좋은 말을 해주고 싶지

---

46. 네서스: 그가 겁탈을 범한 것은 딱 한 번, 헤라클레스의 아내인 데이아니라 (Deianira)에게 덤벼들었을 때이다. 그러나 네서스는 반신반수인 센토르(centaur)였 고, 센토르는 일반적으로 육욕의 상징으로 여겨졌기 때문에 여기에서 겁탈하는 자 의 상징으로 쓰이고 있다.

47. 북은 전쟁터에서 전투를 알리는 신호였을 뿐 아니라, 서커스 공연을 알리기 위해 배우들의 행렬과 함께 치는 수단이기도 했다. 그건 영국에 국한되지 않고 전 유럽 에서 행해지던 관습이었다.

48. 마일엔드(Mile-end): 런던 민병대의 훈련소. 그 병력은 보잘 것 없었다고 한다.

만 별로 아는 게 없어요.

귀족 1 저 작자는 웬만한 악당들은 저리 가라 할 정도로 악한 놈이니까
희귀성을 높이 평가해줘야겠어요.

버트람 염병할. 완전 고양이인데.

병사 1 그처럼 별 볼 일 없는 인간이니 그를 매수해서 반란을 일으키게
할 수 있는지 여부는 물어보나 마나겠군.

파롤스 일 카데큐만 주면 자기의 영혼이 구제받을 수 있는 권리건 상속
권이건, 후손에게 물려줘야 하는 모든 권리들을 영원히 포기할
인간입니다.[49]

병사 1 듀메인 대위라고 그의 형도 있지?

귀족 2 내 이름을 왜 들먹이는 거지?

병사 1 그 사람은 어때?

파롤스 한 둥지에서 자란 까마귀이죠, 뭐. 착한 면에서는 아우보다 좀 떨
어지고 나쁜 면에서는 훨씬 앞섰어요. 동생도 비겁하기로 이름이
나있는데 그보다도 더 겁이 많아요. 퇴각할 때에는 자기 종복보
다 훨씬 빠르고, 진격이라는 말에는 경기를 일으킨답니다.[50]

병사 1 목숨을 살려준다면, 플로렌스 진영을 배신하겠느냐?

파롤스 물론입니다, 루시용 사령관도요.

병사 1 내가 장군님께 말씀드려 보겠다.

---

49. 카데큐(cardecue): 당시의 8펜스에 해당하는 금액임.
50. 종복(lackey): 당시 흔히 부리던 하인으로 잔심부름을 하고, 주인보다 앞서 달려가
는 역할을 했다. 이런 일을 하는 하인으로는 특히 아일랜드 출신이 많아서 당시의
여러 작품들에 등장한다.

파롤스 북 치는 건 이제 그만 할래. 북이라면 이젠 지긋지긋해. 폼 좀 재 보려고, 여자라면 사족을 못 쓰는 애송이 백작에게 잘 보이려다 290 가 이런 곤경을 당했지 뭐야. 매복한 적군에게 잡힐 거라고는 생 각도 못 했으니까.

병사 1 방법이 없어, 사형당할 것 같아. 장군께서 말씀하시길, 너는 자기 편을 배신하고 모든 기밀을 누설한 죄, 상관들에 대해서 중상모 295 략을 한 죄 등을 감안하면 살려 둘 가치가 없는 인간이라고 하신 다. 그러므로 사형에 처해야겠다. 여봐, 집행인, 이리 와서 이 자 의 목을 베라.

파롤스 오, 제발 제발 목숨만 살려주시오, 아님 죽기 전에 눈가리개라도 풀어주시오.

병사 1 좋아, 소원을 들어주지. 죽기 전에 작별인사를 해라. [눈가리개를 풀 300 어준다]

자, 한 번 돌아봐. 아는 사람이 있는가?

버트람 안녕하시오, 대장.

귀족 2 파롤스 대장, 안녕하시오.

귀족 1 천만다행이오, 대장. 305

귀족 2 라퓨 공에게 안부 전해드릴까요? 프랑스로 돌아가는 길이거든요.

귀족 1 대장, 로시용 백작님을 위해서 다이아나에게 쓴 소네트 복사본을 내가 가져도 될까요? 내가 그처럼 비겁하지 않다면 완력으로 빼 310 앗을 터인데. 이만 안녕.

버트람과 귀족들 퇴장.

병사 1 대장, 스카프나 장식매듭은 여전히 달고 있어도 댁은 완전 파멸이오.

파롤스 음모에 걸리고도 온전한 사람이 어디 있겠소?

315 **병사 1** 당신처럼 개망신을 당한 여자들만 모여 사는 나라를 찾게 되거든 염치실종 제국을 건설하시오. 잘 가시오. 나도 프랑스로 갑니다. 고국에 가서 당신 이야기를 들려줘야겠소. [병사들 퇴장]

파롤스 어쨌거나 고마운 일이야. 내가 오만한 자였다면 이런 일을 견디
320 지 못하고 죽어버렸겠지. 난 이제 대장이라는 직함은 내팽개치고, 대신 대장처럼 편하게 먹고 자고 마실 거야. 그냥 내 생긴 대로 살아가는 거야. 허풍선이인 자들이 명심해야 할 것이 있어. 언젠
325 가는 바보 천치라는 것이 다 드러나게 되어있다는 말씀. 칼이여, 녹슬어라. 붉어진 뺨이여, 진정해라. 비록 굴욕스럽긴 해도 파롤스는 안전하게 살아갈 테니까. 쪽 팔린 자, 쪽으로 번영하리. 산입에 거미줄 치지는 않는 법. 얼른 따라가야지.

4장

플로렌스. 과부의 집

헬레나, 과부, 다이아나 등장.

헬레나 내가 여러분들을 곤경에 빠뜨리지 않았다는 것을 알려드리기 위해서 이 세상에서 가장 위대한 기독교 국가를 저의 보증인으로 세우겠습니다. 나의 계획을 완수하려면 그 나라의 국왕폐하 앞에 무릎을 꿇어야 하기 때문입니다. 한때 제가 폐하의 목숨만큼이나 소중한 업무를 돌보아드린 적이 있습니다. 냉혹한 타타르인조차도 진정으로 감사함을 표시할 정도의 일입니다.[51] 때마침, 폐하께서 마르세이유에 와 계시다는 걸 알게 되었어요. 그리로 갈 마차 편도 준비가 되어있고요. 내가 이미 죽은 걸로 되어있다는 걸 잊지 마시고요. 군대가 해산되어 내 남편도 급히 고향으로 돌아가고 있는 중입니다. 하느님의 도움과 국왕폐하가 내주신 통행증 덕분에 빨리 도착하게 될 거에요.

과부 아씨의 일이라면 무조건 신뢰하고 따르는 데 있어 저만한 하인을 찾으시기 힘들 겁니다.

헬레나 댁의 사랑에 보답하기 위해서 나보다 더 애쓰는 친구를 찾기 힘

---

51. 타타르인: 18세기 무렵까지 중앙아시아와 동부 유럽을 지배했던 몽골 및 터키의 여러 부족들을 의미. 잔인하고 무서운 이미지를 가진 것으로 종종 인용됨.

들 거에요. 하늘에서 저를 따님의 지참금 제공자로 보내셨다는
사실을 의심하지 마세요. 따님이 남편을 찾으려는 나의 수단이자
지원자가 된 것도 다 운명입니다. 그러나, 남자들은 참 이상해요!
자기가 싫다고 하는 것을 그처럼 끔찍하게 좋아하다니. 욕정에
눈이 멀어 칠흑같이 어두운 밤보다도 더 부끄러운 일을 하다니.
자기가 싫어하는 것을 탐닉하다니. 그 이야기는 나중에 하지요.
다이아나, 나를 위해 내가 시키는 대로 좀 더 수고해주세요.

다이아나 제 목숨과 정절을 걸고라도 아씨 분부대로 하겠습니다.

헬레나 하지만, 잠깐. 이런 말이 있지요, "시간이 지나면 여름이 올 것이
다"라는. 들장미에 가시와 푸른 잎이 함께 돋으면 날카로우면서
도 아름답지요. 이제 떠납시다. 마차가 준비되었으니 앞을 향해
전진합시다. 끝이 좋으면 다 좋은 법, 끝이 제일 중요해요. 가는
길이 험하더라도 결말은 좋을 거에요. [퇴장]

5장

토시용. 백작의 궁전

광대, 백작부인, 라퓨 등장.

라퓨 아니, 그게 아닙니다. 자제분께서 지금 비단을 휘감고 다니는 녀석에게 현혹되신 겁니다. 그 녀석의 독이 든 샤프런은 미처 굽지 않은 빵 반죽 같은 이 나라의 모든 젊은이들을 누렇게 물들이고 도 남을 정도랍니다.[52] 며느님께서 지금 살아계셨다면, 자제분께   5 서 프랑스에 머물러 계셨더라면, 폐하께서 훨씬 지위를 높여주셨을 텐데. 제가 말씀드린 꼬리 붉은 땅벌 녀석에게 끌려다니시지 않았더라면 말입니다.

백작부인 그 인간을 알게 된 것이 후회스럽소. 조물주가 자기가 만들어 놓고도 흐뭇해 할 정도로 덕성을 갖춘 며느리가 죽은 것도 그 사   10 람 때문이오. 내가 심한 산고를 치르고 낳은 친딸이라 해도 그 애 만큼 사랑하진 못했을 거요.

라퓨 정말 훌륭하신 분이었지요. 채소가 천 가지나 있다한들 그만한 채소 하나를 골라내기 힘들 겁니다.

광대 그렇습니다. 채소 중에서도 달콤한 마요나라, 아니, 루타 같으신   15

---

52. 샤프런(saffron): 빵을 구울 때에 노란색을 내기 위해 사용하는 식물. 따라서 뒤에 나오는 "아직 굽지 않은 빵 반죽"이라는 표현과 어울려서 음식에 대한 비유를 위해 쓰이고 있다.

분이었지요.[53]

라퓨　　그건 야채가 아니고 향초야, 이 바보야.

광대　　저는 나부카드네자르 대왕이 아닙니다요,[54] 식물에 대해선 잘 몰라요.

20 라퓨　　너는 도대체 악당이냐 아니면 바보냐?

광대　　여자들에겐 바보이고 남자들에겐 악당입니다.

라퓨　　왜 그러지?

25 광대　　부인네를 꼬셔서 남편이 해야 할 일을 해줍니다요.

라퓨　　그렇담 악당이지.

광대　　부인네에게 제 지팡이를 주어서 일을 도와주거든요.[55]

30 라퓨　　악당이면서도 바보라는 말이 맞구나.

광대　　나리님께도 그렇게 해드릴까요?

라퓨　　아니, 됐어.

광대　　그럼 나리 대신에 그에 못지않은 왕자님의 시중을 들래요.

35 라퓨　　그게 누군데? 프랑스 사람인가?

광대　　영국 이름을 가진 분이에요. 하지만 용모는 영국보다 프랑스에서 더 잘 알려져 있어요.

라퓨　　어떤 왕자님을 두고 말하는 거냐?

---

53. 루타(the herb of grace): 지중해 연안 원산의 귤과의 상록 다년초. 잎이 흥분, 자극제로 쓰였다고 함.

54. 나부카드네자르(Nabuchadnezzar): Nebuchadnezzar 2세(재임 기간: 605 B.C.-562 B.C.)를 지칭하는 듯하다. 그는 아시리아의 왕으로 유명한 바빌론의 공중정원(Hanging Gardens of Babylon)을 건설하였다고 전해진다(위키피디아).

55. 지팡이: 어릿광대가 사용하는 지팡이. 성적인 은유가 들어있음.

광대 흑태자님이요,[56] 어둠의 왕자 혹은 악마라고도 불리시지요.   40

라퓨 자, 내 지갑을 받아라. 네가 지금 이야기한 주인을 버리고 나에게 오라는 뜻은 아니야. 네 주인을 잘 모셔라.

광대 저는 삼림지대 출신이어서 큰불을 좋아해요, 제가 말씀드린 주인 은 늘 큰불을 일으키시지요. 위대하신 왕자임에 틀림없어요. 그 45 분의 대신들은 궁정에 머무르라 하세요. 저는 좁은 문이 달린 집 이 좋아요. 문이 너무 작아 내로라하는 사람들은 들어가지 못하 지요. 몸을 낮추고 들어가는 사람들도 몇 있겠지만 대부분의 사 람들에게는 너무 춥고 불편해요. 그러니까 꽃길을 따라서 큰 문 50 이 달려있고 큰불이 타오르는 집으로 가는 게 마땅해요.

라퓨 이제 그만 가봐. 네가 좀 지겨워졌어. 미리 말해두지만 네가 싫어 서 그런 건 아니야. 어서 가. 내 말들을 잘 보살펴야 해, 골탕먹이 55 지 말고.

광대 제가 속임수를 쓰면 말들이 비실비실해질 거에요. 원래 말들이 그러니까요. [퇴장]

라퓨 영악하고 짓궂은 사람이군요.   60

백작부인 네, 그래요. 예전에 백작님께서 저 사람의 재담을 즐기셨답니 다. 그분의 유지를 받들어 여기 그대로 둔 거에요. 그래서 자기 맘대로 떠들어대도 괜찮다고 생각하고 있어요. 자기가 내키는 대 로 한답니다.

라퓨 괜찮아요. 큰 실수를 하지는 않을 겁니다. 참, 말씀드릴 게 있습 65 니다. 며느님께서 돌아가시고 자제분이신 젊은 백작님께서 돌아

---

56. 흑태자: 프랑스에서 전쟁을 하느라 생애의 대부분을 프랑스에서 보냈음.

오신다는 소식을 듣고, 폐하께 제 딸아이를 위해서 말씀을 거들
어 달라고 부탁을 드렸습니다. 백작님과 제 딸이 아주 어렸을 때
70 에, 폐하께서 그렇게 하면 좋겠다고 먼저 말씀하신 적도 있으니
까요. 폐하께서 제 청을 들어주신다 하셨습니다. 폐하께서 자제
분에게 가지고 계신 불쾌한 감정을 털어버리시는 데에도 절호의
기회입니다. 부인의 생각은 어떠하신지요?

75 **백작부인** 아주 좋습니다. 그렇게 되면 좋겠습니다.

라퓨 폐하께서 마르세이유를 출발하시어 돌아오고 계십니다. 마치 서
른 살 청년이셨을 때처럼 혈기 왕성하게 말입니다. 내일쯤이면
여기에 도착하실 겁니다. 그 정보를 제공한 자가 저를 속이지 않
80 았다면 말입니다. 절대 속일 인물은 아니거든요.

백작부인 내가 죽기 전에 폐하를 뵐 수 있다니 이보다 기쁠 수가 있겠어
요. 내 아들이 오늘 밤 돌아온다는 편지를 받았답니다. 제발 여기
에 머무셔서 내 아들이 폐하를 알현할 때에 계셔주십시오.

85 **라퓨** 저도 어떻게 하면 알현을 할 수 있을까 궁리 중이었답니다.

백작부인 언제나 그럴 수 있는 특권을 가지고 계시잖아요.

라퓨 지금까지 대담하게 그렇게 해왔는데, 아직까지는 먹혀드니 다행
입니다.

광대 재등장.

90 **광대** 마님, 저기 아드님께서 얼굴을 비로드 천으로 가리고 오고 계십
니다. 그 아래 흉터가 있는지 없는지는 그 천이 잘 알고 있겠지
요.[57] 어쨌거나 멋진 비로드에요. 왼쪽 뺨은 두 겹하고도 반이나

덮여있는데 오른 쪽 뺨은 멀쩡하십니다.

라퓨 영광스럽게 얻은 상처는 곧 명예의 상징입니다. 그런 것이겠지요. 95

광대 그건 칼집을 낸 고기 같은 나리님의 얼굴에 해당되는 것이지요.

라퓨 어서 가서 아드님을 만납시다. 용맹한 전사의 이야기를 빨리 들어보고 싶습니다.

광대 열댓 명이 왔는데 죄다 멋들어진 모자를 쓰고 있어요. 모자에 달 100
린 깃털이 팔랑거리면서 인사를 하는 것 같아요. [퇴장]

---

57. 비로드 천: 전쟁터에서 얻은 영광스런 상처를 덮거나, 매독에 걸려 생긴 궤양을 도
려낸 상처 위에 덮는 데 쓰였다고 함(아든).

5막

1장

마르세이유

헬레나, 과부, 다이아나, 두 명의 시종 등장.

헬레나 이렇게 밤낮을 쉬지 않고 급하게 달렸으니 무척 피곤하시지요.
제 일 때문에 밤낮 없이 수고를 해주셨으니 그 은혜를 마음 속 깊
이 간직하여 절대 잊지 않고 갚겠어요.

낯선 신사 등장.

잘 되었어요! 이 분이 폐하께 제 소식을 전해드릴 수 있을지 몰라
요. 번거롭겠지만 말이에요. 안녕하세요.

신사 안녕하십니까.

헬레나 프랑스 궁정에서 한 번 뵈었지요.

신사 가끔씩 궁정에 가긴 합니다.

헬레나 평판이 좋으신 분 같아 보입니다. 긴급한 상황인지라 염치불구하
고 신세를 좀 질까 합니다. 은혜는 잊지 않겠습니다.

신사 무슨 부탁이신데요?

헬레나 이 청원서를 폐하께 전해드리고 저로 하여금 폐하를 뵐 수 있도
록 힘을 써 주십사 하는 것입니다.

신사 폐하께서는 여기 안 계십니다.

헬레나 네?

신사 어젯밤에 떠나셨어요, 평소보다 서두르셨습니다.

과부 맙소사, 괜한 헛수고를 했네!

헬레나 하지만 끝이 좋으면 다 좋아요. 시간이 어긋나고 방법이 부적절 25
하다 해도 말입니다. 혹시 어디로 가셨는지요?

신사 로시용으로 가신다 들었습니다. 저도 그리 가는 중입니다.

헬레나 그럼 저보다 먼저 폐하를 뵙게 될 것 같으니 부탁드리겠어요. 이
편지를 폐하께서 받으시도록 해주세요. 그렇게 해주시면 비난이 30
아니라 오히려 감사를 받으실 것입니다. 최선을 다해서 빠른 속
도로 뒤따라 가겠습니다.

신사 그렇게 하겠습니다. 35

헬레나 어떻게 해서든지 그 은혜는 꼭 갚겠습니다. 다시 말에 올라타고
출발합시다. 어서 준비해라. [퇴장]

2장

로시용. 백작의 궁전

광대와 파롤스 등장.

파롤스 라바치 씨, 라퓨 경에게 이 편지를 좀 전해주시오. 예전에는 서로
  친한 사이였지 않소. 내가 늘 새 옷을 입고 다닐 때에 말이오. 이
5 젠 운명의 여신의 노여움을 사서 진창에 빠져 악취가 난다오.

광대 정말이지 당신의 말이 맞다면 운명의 여신의 진노는 지저분한가
  보오. 그 여신의 냄새나는 진창에서 자란 생선은 먹지 않겠소. 신
  선한 공기가 통하도록 비켜서시오.

10 **파롤스** 코를 막을 필요는 없어요. 은유적으로 말한 거니까.

광대 댁의 은유에서 냄새가 나면 내가 코를 막아야지요, 다른 사람의
  은유도 마찬가지요. 좀 더 멀리 떨어져요.

15 **파롤스** 제발 이 편지를 전해 주오.

광대 제발 떨어지라니까. 운명의 여신이 막 싼 똥에서 나온 편지를 귀
  족에게 보낸다는 말씀! 여기 바로 그분이 오고 계시오.

라퓨 등장.

운명의 여신이 야옹하는 소리인지, 운명의 여신이 기르는 고양이
가 야옹 하는 소리인지, 하여간 사향고양이는 아닌 것 같아요. 여

신의 진노를 사서 시궁창 같은 연못에 빠졌다고 하네요. 저 잉어 20
를 마음대로 처분하세요. 기운이 다 빠지고 멍청하고 가엾은 악
당처럼 보이니까요. 제가 직유를 써서 위로했더니 아주 괴로워하
더군요. 각하께 맡기고 갑니다요. [퇴장] 25

파롤스 나리, 운명의 여신의 손톱에 날카롭게 긁힌 자가 여기 있습니다.

라퓨 나더러 어떻게 해달란 말이냐? 그 손톱을 깎기에는 이제 너무 늦
지 않았나. 네가 악당 짓을 하니까 운명의 여신이 할퀴었겠지? 그 30
여신은 정의로우셔서 악당들이 오래도록 잘 살게 내버려두시지
않으니까. 자 일 카데큐를 줄 터이니 받아라. 빈민 구호소나 찾아
가서 너와 운명의 여신이 친구가 될 수 있도록 해달라고 하려므
나. 난 볼 일이 있어.

파롤스 청컨대 한 말씀만 드리게 해주십시오. 35

라퓨 일 페니를 더 달라는 거지. 자, 여기 있어, 말하지 않아도 돼.

파롤스 나리, 제 이름은 파롤스입니다.

라퓨 그렇다면 단순히 구걸하려는 것이 아니구나. 하느님, 맙소사. 어
디 손을 줘봐. 북은 어떻게 되었지? 40

파롤스 나리께서 다른 누구보다도 먼저 저를 알아보셨습니다.

라퓨 정말 그랬나? 너를 내친 첫 번째 사람이기도 하지.

파롤스 저를 내치셨으니 다시 은총을 베푸실 수 있는 분도 나리뿐입니
다.

라퓨 웃기지 말아, 이 악당아! 나에게 신과 악마의 역할을 동시에 하라 45
고 하느냐? 신은 너에게 은총을 베푸셨고 악마는 너를 내쳤느니
라. [나팔소리가 들린다.]

폐하께서 오시는구나. 나팔소리로 알 수 있어. 나중에 더 이야기
하기로 하자. 어젯밤에도 네 얘길 했거든. 너는 바보이고 악당이
지만 굶길 수야 없지. 자, 따라와.

파롤스 감사합니다. [퇴장]

3장

같은 곳

나팔소리. 왕, 백작부인, 라퓨, 두 명의 프랑스 귀족, 시종들 등장.

왕   보석과 같은 아이를 잃었으니 짐의 명성도 그만큼 손상되었소.
하지만 그대의 아들은 너무나 어리석은 나머지 그 아이에 대해
제대로 알아볼 수 있는 분별력이 없었소.

백작부인 폐하, 이미 끝난 일입니다. 청컨대 젊음의 화염 때문에 일어난 5
자연발생적인 반역으로 양해해주시기 바라나이다. 기름과 불이
만나 이성을 압도하고 걷잡을 수 없이 타오르는 것입니다.

왕   부인, 이미 모든 것을 용서하고 잊었소. 노여움의 화살을 높이 쳐 10
들고 아드님에게 쏘려고 기다리던 시절이 있었지만 말이오.

라퓨 감히 청컨대, 젊은 백작께서 폐하께, 어머니께, 그리고 부인에게
중대한 과실을 저질렀지만 가장 손해를 본 것은 그 자신입니다. 15
가장 경험 많은 눈들도 압도할 만큼 아름다웠고 모든 귀를 사로
잡을 만큼 언변에 통달하였고 오만한 자들도 공손하게 마님으로
모실 만큼 완벽한 고귀함을 가지신 부인을 잃었으니까요.

왕   이미 잃어버린 것을 칭찬하면 기억이 더 날 뿐이오. 자, 백작을 20
이리 오라고 하시오. 짐이 노여움을 풀고 서로 만나는 순간 옛 일
을 되풀이하여 말하지 않겠소. 짐에게 용서를 빌지 말라고 하오.

그가 행한 과실을 다 잊었소. 분노의 찌꺼기는 망각보다 더 깊이

25 묻었소. 전혀 모르는 사람처럼, 죄가 없는 사람처럼 나에게 오라

하시오. 짐의 뜻대로만 하라고 전하시오.

귀족 그렇게 하겠습니다, 폐하. [퇴장]

30 **왕** 공의 여식에 대해서는 뭐라고 하던가요? 이야기는 해보았소?

라퓨 폐하께서 시키는 대로 하겠다고 합니다.

왕 그렇다면 혼인을 시킵시다. 그의 전공을 치하하는 편지를 여러

번 받았소.

버트람 등장.

라퓨 그렇다니 다행입니다.

왕 내가 좀 예측불허이지. 햇살을 밝게 비추다가 곧이어 우박을 내

35 리니까. 하지만 햇살이 밝으면 어둠이 흩어지는 법. 자, 앞으로

오너라. 다시 활짝 개었으니까.

버트람 저의 잘못을 깊이 뉘우치고 있사오니 용서하여 주시옵소서.

왕 괜찮아. 지난 일을 다시 꺼낼 필요 없어. 눈앞에 닥쳐있는 일이나

40 처리하는 게 좋겠소. 짐이 나이가 들어서, 급한 명령을 내려도 그

명령을 실행하기 전에 시간이 먼저 소리 나지 않는 발로 가만히

걸어 들어오거든. 이 귀족의 딸을 기억하느냐?

버트람 물론입니다, 폐하. 처음부터 그 따님에게 마음을 빼앗겼습니다.

45 그러나 저의 마음을 감히 혀로 전달하지 못했습니다. 제 눈에 새

겨진 그 인상 때문에 다른 어여쁜 모습도 왜곡되어 그 아름다움

을 경멸하고 속임수에 불과하다고 얕잡아보았습니다. 비율을 늘

이거나 줄여서 가장 흉악한 물체로 만든 겁니다. 제 아내는 모든 50
사람들의 찬양을 받았고 저 역시 그녀를 사랑하고 있었음을 이제
야 뒤늦게 깨달았습니다. 그런 아내가 제 눈에 가시처럼 여겨졌
던 것도 그 때문이었습니다.

왕 아주 그럴 듯한 변명이로고. 그녀를 사랑했다하니 네가 진 큰 빚 55
이 탕감되는 것 같다. 뒤늦게 깨달은 사랑은, 사형 중지 명령이
이미 늦었다는 것을 알고 울며 괴로워하는 위정자의 마음과 같은
것, "죄 없는 자가 죽었구나" 하고. 경솔한 잘못으로 우리가 가진 60
중요한 것을 업신여기다가, 그것이 사라지고 난 뒤에야 후회하는
것과 같아. 종종 잘못된 증오 때문에 친구들을 버렸다가 그들이
죽은 후에야 애도하지 않느냐. 사랑이 잠에서 깨어 이미 저질러 65
진 일들을 보고 우는 동안에, 부끄러워진 증오는 오후 내내 잠이
드는 것처럼.[58] 조종은 이 정도로 울리고 이제 가엾은 헬레나를
잊도록 하라.[59] 아름다운 모들린 양에게 사랑의 징표를 보내도록
하라. 중요한 부분은 이미 합의가 되었으니, 짐은 여기에서 머물
면서 그대의 두 번째 결혼 거행에 참가하겠다. 70

백작부인 제발 첫 번째 결혼보다는 행복하기를 두 손 모아 비나이다! 그
렇지 않다면, 하느님, 차라리 이 결혼이 이루어지기 전에 저를 데

---

58. 증오가 잘못된 일을 저지르는 동안 사랑은 잠을 자고, 나중에 일어나서 증오가 저
지른 일을 보고 운다. 그러나 이미 엎질러진 물이고, 부끄러움을 느낀 증오는 잠에
빠진다. 즉 증오심에 휩싸여있을 때에는 사랑하는 마음이 전혀 힘을 발휘하지 못하
고, 일이 저질러진 후에 사랑의 감정이 위로 올라오면 증오심은 자취를 감춘다는
뜻.
59. 조종: 죽은 사람을 애도하기 위해서 울리는 종소리.

려가시옵소서!

75 **라퓨** 자, 사위가 되실 분에 의해 내 가문의 이름이 사라지게 되었소.[60]

내 딸이 용기백배하여 이리 달려올 수 있도록 정표를 주시오. [버

트람이 반지를 빼어 준다.]

제 하얗게 센 수염의 한 올, 한 올을 걸고 맹세컨대, 헬레나는 훌

륭한 여성이었지요. 그런데, 이 반지는 내가 궁정에서 헬레나와

작별할 때에 그녀의 손가락에 끼어있었던 것과 같소.[61]

80 **버트람** 그럴 리가 없습니다.

왕 나도 한 번 보자꾸나. 사실은 나도 이야기하는 동안 내내 그 반지

에 눈길이 가던 참이었어. 이 반지는 내 것임이 틀림없어. 헬레나

에게 주면서 혹시 어려운 일이 생겨 도움이 필요할 때 이 반지를

85 보내면 도와주겠노라고 약속했지. 너는 무슨 나쁜 짓을 하여 그

녀에게 그처럼 소중한 반지를 빼앗았느뇨?

버트람 폐하, 어떻게 생각하셔도 상관없지만, 그 반지는 분명 그녀의 것

이 아니옵니다.

백작부인 얘야, 나도 그 아이가 이 반지를 끼고 있는 걸 보았다. 자기 목

90 숨만큼이나 애지중지하더라.

라퓨 저도 제 눈으로 똑똑하게 보았습니다.

버트람 어른께서 착각하신 겁니다. 헬레나는 본 적도 없을 테니까요. 플

로렌스에서 어떤 여자가 자기 이름이 쓰인 종이에 싸서 창문으로

---

60. 결혼하면 신부가 처녀 적의 성을 버리고 남편 성을 따르기 때문이다.

61. 작별할 때에 여자가 내민 손에 남자가 키스를 하는 것이 관례이므로 라퓨는 헬레
나의 손에 끼어있는 반지를 똑똑히 보았을 개연성이 있다.

던져준 것입니다. 지체 있는 여성이었는데 그걸로 저와 혼약했다 95
고 생각하더군요. 하지만 저는 제 형편을 이야기하고 그녀의 청
혼을 받아들일 수 없음을 충분히 설명했습니다. 그녀는 슬퍼하며
납득을 했지만 이 반지는 돌려받지 않겠다고 하더군요.   100

왕 플루터스는 흔한 광석을 금으로 바꾸기 위해 온갖 약초로 염색하
고 그 양을 늘리는 방법에 정통했다고들 하지.[62] 하지만 그런 플
루터스도 나만큼 이 반지에 대해 알지는 못할 거다. 네가 누구에
게 이걸 받았던지 간에 이 반지는 내 것이었다, 그리고 헬렌의 것 105
이었다. 이 반지가 그 애의 것이라는 것, 그리고 어떤 완력을 동
원하여 이걸 빼앗았는지에 대해 실토해라. 그 애는 이 반지를 결
코 손에서 빼지 않겠노라고 성인들의 이름을 걸고 맹세하였다.
너와 합방 후 이 반지를 너에게 주든가, 아니면 커다란 위험에 처 110
해서 나에게 이걸 보내든가 할 때에만 빼겠노라고. 그런데 넌 헬
레나와 합방을 한 적이 없지 않은가?

버트람 그녀는 이 반지를 전혀 모릅니다.

왕 네가 거짓말을 하는구나. 내가 명예를 지키느라 마음속으로 올라
오는 불길한 생각을 꾹 누르고 있다. 혹여 네가 그처럼 무자비한 115
짓을 하였다는 것이 밝혀질런지도. 결코 그런 일이 없기를 바라
지만, 세상일은 또 모르니까. 네가 그 애를 워낙 싫어하던 터에
그 애가 죽었으니 말이다. 내 손으로 직접 그 애의 눈을 감기지
않은 터에, 이 반지가 그 애의 죽음을 말해주는 가장 확실한 증거

---

62. 플루터스는 그리스 신화에 나오는 부의 신. 여기에서 왕은 그를 연금술사로 묘사하
고 있다.

이니까. 이 자를 데려가라. 이미 경험한 증거들로 볼 때에 내 의

심에는 충분한 근거가 있다. 내가 너무 쉽게 마음을 풀어주었노

라. 짐이 좀 더 조사해보겠다.

125 **버트람** 만일 이 반지가 헬레나의 것이라는 것을 증명하신다면, 그건 곧

제가 플로렌스에서 그녀와 합방을 했다는 것을 증명하시는 겁니

다. 그런데 헬레나는 플로렌스에 발을 디딘 적이 없사옵니다. [호

위병들에 이끌려 퇴장]

왕 아무래도 불길한 예감을 떨칠 수가 없노라.

신사 등장.

130 **신사** 국왕폐하, 제가 잘한 일이지는 모르겠습니다만, 플로렌스의 여인

이 폐하께 드리는 탄원서를 받아왔습니다. 네댓 정거장을 뒤쳐져

서 직접 전해드리지 못했답니다. 용모와 어투가 훌륭한 그분의

간절한 소청을 이기지 못하여 제가 가져오게 되었습니다. 지금쯤

135 이면 여기에 거의 도착했을 것입니다만. 표정으로 보아 아주 중

요한 안건인 것 같았습니다. 폐하와 자신이 모두 관계된 일이라

고 간략하게 말해주었습니다.

왕 [편지를 읽는다] 부인이 죽으면 저와 결혼하겠노라고 여러 차례 맹세하셨

140 기로 저는 부끄럽지만 제 몸을 허락하였습니다. 이제 로시용 백작께서

는 홀아비가 되셨는데 그의 맹세는 헌신짝이 되고 저는 정조만 빼앗긴

셈이 되었습니다. 백작님은 아무 말 없이 살그머니 플로렌스를 떠났으

니까요. 그래서 정의를 바로잡기 위하여 프랑스로 따라왔습니다. 국왕

145 폐하! 통촉하여 주시옵소서. 그렇지 않으면 비도덕적인 자는 의기양양

하고 처녀는 파멸하게 됩니다. 다이아나 카필렛 올림.

라퓨 차라리 사위를 시장에서 사 오는 게 낫겠습니다. 이 사람은 판매 리스트에 올려 놓고요.

왕 라퓨 경, 하늘이 그대를 보살피신 듯하오. 때마침 이런 일이 있는 걸 보니. 이 소송인들을 데려오라. 빨리, 그리고 백작도 다시 데 150 려와. [시종들 퇴장] 부인, 헬레나가 억울하게 죽임을 당했을까 걱정됩니다.

백작부인 범인들을 벌하소서!

버트람이 호위병들의 감시를 받으며 재등장.

왕 아내라면 치를 떨고, 결혼을 서약하자마자 아내를 버리고 달아나 기를 반복하면서, 그래도 결혼하고 싶다니 해괴한 일이로구나. 155

과부와 다이아나 등장.

저 여인은 누구냐?

다이아나 저는 카필렛 가의 후손이자, 가엾은 플로렌스 여인입니다. 저의 소청은 이미 알고 계시리라 믿습니다. 그러므로 제가 얼마나 딱한 처지인지 잘 아시리라 믿습니다. 160

과부 저는 이 아이 어미입니다. 이 탄원 건 때문에 제 목숨과 명예가 위태로운 지경입니다. 폐하께서 도와주시지 않으면 그 둘을 다 잃을 것입니다.

왕 백작, 가까이 오라. 이 여인들을 아는가?

165 **버트람** 이들을 안다는 것을 부인할 수도 없고 부인하지도 않겠습니다.
그 외에 저를 고소하는 내용이 있습니까?

다이아나 아내를 보고도 못 본 척 하시는 이유가 뭔가요?

버트람 폐하, 저 여자는 제 아내가 아닙니다.

170 **다이아나** 백작님이 결혼하려고 이 손을 내미신다면, 그 손은 저의 것입
니다. 하늘을 두고 맹세하신다면 그 맹세도 저의 것입니다. 제단
으로 나가는 백작님의 몸은 이미 저의 것이고 제 자신입니다. 저
와 당신은 맹세에 의해 일심동체가 되었으므로 당신과 결혼하려
고 하는 여자는 나와 결혼해야 합니다. 저와 백작님을 동시에 가
지든가 아님 결혼을 포기하든가, 둘 중 하나입니다.

175 **라퓨** 제 딸을 드리기에는 백작님의 평판이 너무 나쁘신 것 같습니다.
사위로 삼지 않겠습니다.

버트람 폐하, 이 여자는 분별없고 가치 없는 여인으로서 제가 가끔씩 소
일거리로 함께 하였습니다. 제 명예를 조금이나마 존중해주시어
180 제가 이렇게까지 타락했다는 비난을 거두어주소서.

왕 그대에게 잘못이 없다는 것이 아직 밝혀지지 않은 터에 저 여인
들에 대해 너무 심한 말을 하는 것 같구나. 내 마음 속의 의혹을
떨칠 수 있도록 명백하게 밝혀라.

다이아나 폐하, 백작에게 저의 순결을 취한 적이 없다고 생각하는지 물
185 어보아 주소서.

왕 어디 대답해 보아라.

버트람 폐하, 저 여자는 부끄러움을 모릅니다. 막사를 드나들던 천한 여
자입니다.

다이아나 폐하, 저를 중상모략하고 있습니다. 제가 그런 여자라면 돈 몇 푼으로 저를 가질 수 있었을 것입니다. 이 반지를 보십시오. 비할 데 없이 고귀하고 지극히 비싼 것입니다. 그 귀한 반지를 막사를 드나드는 그렇고 그런 여자에게 주었다구요. 저를 그런 여자라고 가정하더라도 말입니다.

백작부인 제 아이의 얼굴이 붉어지는군요. 맞습니다. 이 반지는 육대 선조부터 내려오는 것으로 유언에 의해서 물려받아 끼고 있다가 그 다음 후계자에게 물려주게 되어있습니다. 이 여인이 버트람의 아내입니다. 이 반지가 모든 것을 증명하고 있습니다.

왕 그대가 이 궁정에서 증언해줄 수 있는 사람을 보았다고 했지?

다이아나 그렇습니다, 폐하. 너무나 나쁜 인간인지라 세우기가 좀 꺼려집니다만, 파롤스라는 사람입니다.

라퓨 그 사람이라면 오늘 만났습니다.

왕 그자를 찾아서 이리 데려오라. [시종 퇴장]

버트람 그자를 왜 부르십니까? 그자는 사방 천지에서 비난받고 있는, 구역질나는 불량한 인간입니다. 그런 악당이 저에 대해 이러쿵저러쿵 하는 말이 무슨 소용이 있겠습니까?

왕 그 여자가 네 반지를 가지고 있단 말이다.

버트람 그건 맞습니다. 제가 그 여자에게 마음이 끌려서 젊은 혈기로 가까이 한 것은 사실입니다. 그 여자가 일부러 싫은 척하면서 갖은 수단을 다 쓰는 바람에 그녀를 가지고자 모든 애를 다 썼습니다. 본시 욕정이라는 것이 장애물이 나타나면 더욱 강해지는 것 아니겠습니까. 평범한 여자가 비범한 술책을 부려서 저를 자기 뜻대

로 굴복시켰나이다. 그리하여 그 여자는 그 귀한 반지를 얻었고
저는 아무 데서나 살 수 있는 싸구려를 가졌던 것입니다.

다이아나 제가 참겠습니다. 그처럼 훌륭한 부인을 내팽개치신 분이니 저
를 거부하는 것도 이해가 갑니다. 하지만 부탁이 있어요 ─ 부도
덕한 당신을 포기하겠습니다. 당신의 반지를 원래 자리로 돌려드
릴 터이니 제 반지를 돌려주세요.

버트람 나에게 없소.

왕 네 반지라니 무슨 말인가?

다이아나 폐하께서 끼고 계시는 것과 똑같은 것입니다.

왕 네가 이 반지를 아느냐? 백작이 조금 전까지 끼고 있었던 것이다.

다이아나 제가 합방하면서 백작님께 드린 반지가 그것입니다.

왕 창문 밖으로 그에게 던져주었다더니 그게 사실이 아니었던가?

다이아나 제가 드린 말씀이 진실입니다.

파롤스 등장.

버트람 폐하, 그 반지는 저 여자가 준 것입니다.

왕 왜 말처럼 그렇게 놀라느냐. 깃털 하나 흔들릴 때마다 움찔하는
구나. 이 자가 네가 세운다던 증인이 맞느냐?[63]

다이아나 그렇습니다, 폐하.

왕 이봐라, 네 주인의 눈치를 보지 말고 사실대로 말할 것을 명하노
라. 정직하게 이야기하면 내가 널 지켜주마. 백작과 이 여인의 관

---

63. 앞 두 문장은 버트람에게, 세 번째 문장은 다이아나에게 하는 말이다.

계에 대해서 아느냐?

파롤스 분부대로 따르겠나이다. 저의 주인님은 명예로우신 신사분입니다. 신사분들이 흔히 가지고 계시는 장난기를 발동시키셨지요.

왕 보다 정확하게 답하라. 백작이 저 여인을 사랑하였는가? 240

파롤스 네, 사랑한 건 맞습니다, 어떻게 사랑했는가도 말해야 합니까?

왕 말해보아라.

파롤스 신사 양반이 평범한 아낙을 사랑하는 방식으로 저 여인을 사랑하셨습니다.

왕 그게 무슨 소리인고?

파롤스 사랑하였고, 또 사랑하지 않았습니다. 245

왕 네가 악당이면서도 또 악당이 아닌 것처럼 말이냐. 정말 알쏭달쏭한 말이로고!

파롤스 미천한 저는 그저 폐하의 분부대로 따르겠나이다.

라퓨 폐하, 저자는 소리는 잘 내지만 소리 자체는 영 엉망인 북입니다.

다이아나 백작님이 저에게 결혼 약속을 하신 걸 알고 계시지요? 250

파롤스 말씀을 다 드릴 순 없지만 알고 있는 건 많습니다.

왕 네가 알고 있는 것을 모두 말해보렷다.

파롤스 분부대로 하겠나이다. 제가 그 둘 사이에 심부름을 했습니다. 사실은 백작께서 저 여자를 사랑하셨고 완전히 정신이 나가서 악마니 지옥이니 복수의 여신 등등 알아듣지 못할 말들을 하셨습니다. 255 그때만 해도 저에 대한 신임이 두터워서 둘이서 잠자리를 같이한 것, 다른 약속들이 오간 것, 결혼을 약속한 것, 그 외에 입에 담기가 좀 어려운 일들을 다 알고 있습니다. 그러므로 제가 알고

260	있는 것을 말씀드리지 못하겠습니다.
왕	넌 이미 충분히 말해주었다. 그 둘이 결혼했다는 말을 한 건 아니
	지만. 아주 교묘하게 증인을 서는구나. 이제 물러가거라.
	이 반지는 너의 것이었느냐?
다이아나	네, 폐하.
265 왕	어디에서 샀느냐? 아님 누가 주었느냐?
다이아나	누가 준 것도, 산 것도 아닙니다.
왕	그럼 빌린 것이냐?
다이아나	빌린 것도 아닙니다.
왕	그럼 어디에서 주웠느냐?
다이아나	주운 것도 아닙니다.
왕	그럼 어떻게 이 반지가 네 것이 되어 백작에게 줄 수 있었단 말이
	냐?
270 다이아나	제가 백작님께 드린 것도 아니옵니다.
라퓨	폐하, 이 여인은 헐렁한 장갑 같사옵니다. 내키는 대로 벗었다 끼
	었다 합니다.
왕	이 반지는 내 것이고, 백작의 첫 번째 아내에게 주었다.
다이아나	폐하의 것인지 백작님의 첫 부인 것인지 저는 알지 못합니다.
275 왕	저 여인을 끌어내라. 마음에 안 들어. 하옥시켜라. 그리고 백작도
	끌고 가라. 이 반지를 어디에서 났는지 말하지 못하면 한 시간 내
	로 사형시키겠다.
다이아나	절대 말씀드릴 수 없습니다.
왕	저 여인을 끌어내라니까.

다이아나 폐하, 저를 무죄방면 시킬 수 있는 보증인을 세우겠습니다.

왕 이제 보니 창녀임에 틀림없구나. 280

다이아나 부당한 말씀이십니다. 제가 남자를 알았다면 그건 바로 폐하일
것입니다.

왕 그렇다면 왜 백작을 고발했지?

다이아나 백작님에게 죄가 있기도 하고 없기도 하기 때문입니다. 백작님
은 제가 순결을 잃었다고 단언할 것입니다. 저는 백작님이 모르
시는 말씀이라고, 제가 아직 순결하다고 맹세하겠습니다. 위대하 285
신 폐하, 저는 창녀가 아닙니다. 결단코 저는 순결합니다. 그렇지
않다면 이 늙은 분의 아내라고 해도 괜찮습니다.

왕 저 여인이 횡설수설하는구나. 어서 가두어라.

다이아나 어머니, 어서 가서 제 보증인을 데려오세요. 폐하, 잠깐만 기다
려주십시오. [과부 퇴장]
그 반지의 주인인 보석 세공인을 부르러 보냈습니다. 그는 저의 290
틀림없는 보증인이 될 것입니다. 이 백작님으로 말할 것 같으면
본인은 저의 순결을 훼손했다고 생각하고 계시지만 실제로는 저
에게 나쁜 짓을 하지 않았으므로 탄원을 거두어들이겠습니다. 저
의 침대를 더럽혔다고 생각하던 순간에 실제로는 자기 부인에게
잉태를 시키고 있었던 것입니다. 부인은 돌아가셨지만 부인의 뱃 295
속에서는 아기가 발길질을 하고 있습니다. 자, 제 수수께끼는 이
렇습니다. 돌아가신 분이 살아계십니다. 무슨 뜻인지 금방 아실
것입니다.

5막 3장 143

과부가 헬레나와 함께 등장.

왕　마술사가 나의 눈을 현혹시키고 있는 것이냐? 내가 보고 있는 것
　　　이 진짜인가?

300 **헬레나**　백작님, 당신이 보시는 것은 아내의 그림자에 지나지 않습니다.
　　　이름뿐이고 실체는 없습니다.

버트람　명실공히 내 아내요, 날 용서하시오!

헬레나　여보, 제가 이 처자를 대신하여 들어갔을 때에 당신은 정말 대단
305 　　　했어요. 당신의 반지와 함께 여기 당신이 쓴 편지가 있답니다. 당
　　　신이 이 반지를 내 손가락에서 빼서 가지고 나의 아이를 임신할 때에,
　　　운운. 그 두 가지를 다 해냈으니까 이제 제 남편이 되어주시겠습
　　　니까?

버트람　폐하, 어떻게 된 영문인지 그녀가 확실히 설명해 줄 수 있다면,
310 　　　그녀를 진심으로 영원히 사랑하겠습니다.

헬레나　명확하지 못하거나 거짓된 부분이 있거든 저를 버리셔도 좋습니
　　　다! 어머니, 잘 지내셨는지요?

315 **라퓨**　양파 냄새 때문에 눈이 아프구나. 눈물이 나려고 해. [파롤스에게]
　　　이봐, 북, 손수건 좀 빌려줘. 우리 집에 가서 기다려. 신나게 놀아
　　　보게. 그런 인사는 하지 말고. 상스러워.

왕　처음부터 끝까지 이야기를 해주렴. 세세한 내용을 기쁜 마음으로
　　　듣고 싶구나. [다이아나에게] 네가 아무도 꺾지 않은 순결한 꽃이라
320 　　　면 너의 남편을 선택하라, 내가 지참금을 지불해주겠다. 이제 보
　　　니, 너의 진실된 도움으로 인해서 한 여자에게는 아내 구실을 하

게하고 너는 순결을 지켰구나. 모든 과정의 세부적인 내용에 대
해서 점차적으로 듣도록 하겠노라. 이렇게 끝내니 모든 일이 잘 325
된 것 같다. 괴로운 일은 과거가 되고, 앞으로 좋은 일만 남았구
나. [화려한 나팔소리]

[에필로그]

극이 끝나고 왕은 거지가 되었습니다.

여러분들이 만족하길 바라는 소원이 이루어진다면

모든 것이 잘 끝나는 겁니다.

여러분들을 기쁘게 해드리기 위해서 날마다 열심히 노력하겠습니다.

여러분은 인내심을 가지고 우리 연기를 지켜보시고

저희는 인내심을 가지고 여러분의 박수를 기다립니다.

여러분들의 따뜻한 박수에 진심으로 감사드립니다. [일동 퇴장]

작품설명

1. 텍스트

셰익스피어 학자들에게 『끝이 좋으면 다 좋다』는 『햄릿』(*Hamlet*)과 『자에는 자로』(*Measure for Measure*)와 여러 가지로 유사한 점이 많아서 그 두 작품과 비슷한 1601년과 1604년 사이에 쓰인 것으로 추정되고 있다. 이 작품의 원전은 보카치오(Boccaccio)의 『데카메론』(*Decameron*)에 수록된 이야기 중의 하나인데, 윌리암 페인터(William Painter)가 『데카메론』을 영어로 번역하여 『쾌락의 궁전』(*Palace of Pleasure*)이라는 제목으로 1566년에 영국에서 출간하였다. 따라서 셰익스피어는 페인터의 영역본에 의거하여 이 작품을 쓴 것으로 추측되고 있다.

『끝이 좋으면 다 좋다』는 1623년에 발간된 셰익스피어의 첫 번째 폴리오에 처음으로 출판되었으며 많은 결점이 있다는 비판을 받아왔다. 꼭 있어야할 지문이 빠져있는가 하면, 텍스트에서 등장인물의 이름이 바뀌는 일이 빈번하게 일어나고 있기 때문이다. 예를 들어서 백작부인

(Countess)이 어머니(Mother), 늙은 백작부인(Old Countess), 레이디(Lady) 등 다양한 이름으로 지칭되고 있으며, 버트람(Bertram)과 라퓨(Lafew)를 비롯한 거의 모든 등장인물들이 각자 서너 개의 이름으로 혼용되고 있다. 그런가하면, 극 중 내내 과부(Widow)로 불리던 여자는 5막 3장에서 카필렛(Capilet)이라는 이름이 있음을 밝히고, 광대 역시 5막 2장에 가서야 라바치(Lavatch)라는 이름이 있음을 드러내고, 집사도 나중에 리날도(Rynaldo)라는 이름으로 불린다. 또한 텍스트 내의 산문과 운문의 질이 들쭉날쭉하여 한 사람이 썼다고 보기 어려운 정황도 발견된다. 이런 이유들로 인해, 『끝이 좋으면 다 좋다』는 다른 작품들보다 훨씬 더 일관성이 부족하고 덜 다듬어진 미완성 원고로 간주되고 있다. 앞뒤가 맞지 않는 부분이 많은 걸로 보아 연출용 대본이었다거나, 셰익스피어가 미처 탈고를 마치지 않고 작업 중이었던 원고일 수도 있다는 추정을 하는 것도 이 때문이다.

이러한 미완적인 요소들을 설명하기 위해서 어떤 학자들은 이 작품이 그 이전에 쓰인 다른 작품을 수정한 것이라는 추정을 해왔다. 이를테면 1598년에 프랜시스 메레스(Francis Meres)가 쓴 『팔라디스 타미아』(*Palladis Tamia*)에서 셰익스피어가 쓴 희극작품들로 『사랑의 헛수고』(*Loue labors lost*)를 비롯한 다른 작품들과 함께 『결실 맺은 사랑의 수고』(*Loue labours wonne*)를 들고 있으나, 그 작품이 현존하지 않는 관계로, 아마도 그 작품을 개정하여 『끝이 좋으면 다 좋다』로 만들었으리라는 추측이 일반적으로 받아들여져 왔다.

이 텍스트를 현대화함에 있어서는 원본을 존중하여 원래의 표현을 그대로 고수할 것인가 혹은 현대 독자가 쉽게 이해할 수 있도록 수정할 것인가라는 두 관점을 적당히 타협하여, 어떤 단어들은 그대로 두고, 어떤 단어들은 현대어로 바꾸는 작업이 진행되었다. 구두점도 가능한 한 원본을 존중하되 불가피하다고 생각되는 경우에는 새로 집어넣어서 현재 우리가 읽는 텍스트가 되었다.

2. 작품 분석

1) 전통 비평

이 작품을 『자에는 자로』와 『트로일러스와 크레시다』 등 다른 몇 개의 작품들과 함께 이른바 "문제극"이라는 이름을 붙여서 분류한 최초의 학자는 F. S. Bois이다.[1] 그렇게 한 이유는 이 극들이 희극이나 비극이라는 전통적인 범주에 넣기에는 애매하기 때문이다. 이후 "문제극"이라는 개념에 대해서 정확한 정의나 개념이 내려진 바는 없으며, 이 작품들이 문제들을 제시만 하고 거기에 대한 답을 제공하지는 않고 있는 문제를 안고 있다는 점에 대해 많은 이들이 동의해왔다. 그래서인지, 이 작품은 셰익스피어의 다른 인기 있는 작품들에 비교할 때에 그다지 자주 무대에 올려지지 않았으며 비평가들로부터 관심을 끌지도 못했다. 사무엘 존슨(Samuel Johnson)은 이 작품에 대해 부정적인 견해를 피력한 대표적인 학자로서, 그는 다음과 같이 이 작품에 대해서 평하였다.

---

1. *Shakespeare and his Predecessors* (1896).

이 작품에는 훌륭하지만 개연성이 없는 장면들이 많고 잘 어울리는 인물들도 있으나 새로운 맛이 덜하고 인간본성에 대한 깊은 통찰을 보여주지 않는다. 파롤스는 허풍장이에다 겁쟁이여서 무대의 분위기를 살려주기는 하지만 웃음과 조롱의 대상에 불과하다. 버트람에 대해서도 도저히 납득할 수가 없다. 귀족이면서 아량이 없고, 젊으면서도 정직성을 결하고, 비겁하게 헬레나와 결혼하고 헬레나를 음탕한 여자로 전락시킨다. 그에게서 버림받은 결과로 인해 헬레나가 죽었다는 소식을 듣고 살그머니 집으로 돌아와 두 번째 결혼을 하려다가 자기가 몸을 망친 여인으로부터 고소를 당하고 거짓말로 일관하다가 갑자기 행복의 결말을 맞게 되기 때문이다.[2]

존슨의 비평에 영향을 받은 과거의 비평들은 이 작품을 주로 여주인공의 성격을 규정하는 관점에서 설명하는 데에 치우쳤으므로, 이 작품과 인물들의 성격을 제대로 보지 못하는 결과를 가져왔다. 예를 들어서, 칼 엘지(Karl Elze)는 헬레나가 출발점이며 이 작품의 핵심이며 다른 인물들은 그녀의 특성을 묘사하기 위한 보조적인 도구의 역할을 하고 있다고 주장한다.[3] 챔버스(E.K. Chambers)도 헬레나의 액션 전개과정은 성적인 본능에 의하여 고귀한 여성의 품격이 타락하는 것을 보여주고 있다고 주장한다.[4] 특히 성의 역할이 "집안의 천사"로 확실하게 국한되었던 빅토리아 시대에는 적극적인 헬레나의 성격에 대한 저항감이 심했다.

그러나 현대에 들어서면서 헬레나가 민화의 주인공으로서 자신에게

2. Samuel Johnson, *Preface to Shakespeare's Plays*, 1760, 122.
3. *Essays on Shakespeare* (PCMI collection), trans. by L. Dora Schmirz, Macmilland and Co., 1874, 118.
4. *Shakespeare, A Survey*, https://www.questia.com/library/720634/shakespeare-a-survey

주어진 과업을 성공적으로 성취하는 똑똑한 여성이라는 견해가 대두되었다. 한 예로, 마델라인 도란(Madeleine Doran)은, "이 작품의 유일한 "문제"는 헬레나가 자신이 원하는 남편감을 획득하는 데에 있다. 그 문제와 해결에 있어서 크게 잘못이 없다. 문제는 위트에 있지, 형식이나 도덕성에 있는 것이 아니다"라고 주장했다.[5] 죠지 버나드 쇼(George Bernard Shaw) 역시 헬렌을 『인형의 집』의 여주인공인 노라와 같은 신여성이라고 높이 평가하였다.

2) 최근 비평의 경향

이 작품에 대한 최근 비평의 가장 큰 흐름은 수잔 스나이더(Susan Snyder)가 대표하고 있는 페미니즘 비평이다. 스나이더에 따르면 헬레나가 가지고 있는 자아에 대한 여성적 존엄성이 다이아나의 순결에 함축하고 있는 것보다 훨씬 더 앞서가는 것이다. 또한, 다이아나를 비롯한 다른 여성들의 도움을 받아 자신이 추구하는 바를 성취하는 과정에서 여성들의 뛰어난 잠재력을 보여주고 있다는 사실에 주목한다.[6] 데이빗 맥캔들리스(David McCandless)는 그 보다 한 걸음 더 나아가 남성의 몸을 페티쉬화하고 여성의 시선(gaze)에 권력을 부여함으로써 헬레나와 버트람이 안정시키려고 하는 남녀 젠더의 불안정을 오히려 더욱 강조하고 있다고 분석한다.[7] 캐롤라인 애스프(Carolyn Asp) 역시 헬레나가 전통적인 성

5. *Endeavours of Art* (1954), 251.
6. "'The King's not here': Displacement and Deferral in *All's Well That Ends Well*." *Shakespeare Quarterly* 43.1 (1992): 20-32.
7. "Helena's Bed-trick: Gender and Performance in *All's Well That Ends Well*."

역할을 전복했다는 데에 주목하고 있다. 헬레나는 통념상 남성의 전유물이었던 지식과 권력을 획득하고 그것들을 능수능란하게 사용하여 자신이 원하는 것을 획득함으로써 가부장제의 질서를 바꾸고 있다고 분석한다.[8]

페미니즘 비평과 더불어 이 작품은 민간 설화(folklore)의 관점으로 해석할 수 있다. 레지나 뷰콜라(Regina Buccola)는 헬레나를 온전히 왕자의 도움에 의해서 행복한 결말로 이끌어지는 신데렐라와 대조를 이루는 요정 신부(fairy bride)로 해석한다.[9] 헬레나를 아주 바람직함과 동시에 상당한 위험을 내포하고 있는 동화 속의 여주인공으로 규정하고, 그녀가 완전히 이타적인 천사도, 철저하게 이기적인 악인도 아닌 채로, 여러 가지 불가능하게 보이는 과업을 달성함으로써 자신과 그 주위사람들 모두를 구하는 불가사의한 존재라고 설명한다. 따라서 셰익스피어가 전통적인 민담의 주인공을 생생하고 매력적인 인물로 격상하는 위업을 달성했다는 것이다. 또한 민담에 자주 나오는 모티브인 이른바 "베드 트릭"(bed-trick)에 초점을 맞추는 연구도 계속되고 있다.

그 외에 모리스 헌트(Maurice Hunt)는 이 작품에 대한 연구에 천착하고 있는 대표적인 학자이다. 그는 다른 대부분의 비평가들과는 달리, 헬레나가 아닌 버트람에 주목하여 일종의 전기적인 사실의 반영이라고

Shakespeare Quarterly 45.4 (1994): 449-68.

8. "Subjectivity, Desire and Female Friendship in *All's Well That Ends Well*." *Literature and Psychology* 32.4 (1986): 48-63.

9. "'As Sweet as Sharp' Helena and the Fairy Bride Tradition." *All's Well That Ends Well: New Critical Essays*. New York: Routledge, 2007. 71-83.

해석한다. 즉, 버트람이 셰익스피어 당대의 실존 인물인 서댐턴 백작 3세인 헨리 라이오시슬리(Henry Wriothesley, the Third Earl of Southampton)를 모델로 한 것이며, 이 작품에서 다루고 있는 사랑과 배신, 간음 등의 주제는 셰익스피어 자신과 연인 관계였던 유부녀에 대한 이중적인 심정을 토로하는 소네트의 내용과 일치한다고 주장한다.[10] 헌트는 또 다른 논문에서 종교적인 관점으로 이 작품을 해석하기도 한다. 셰익스피어 당대에 논란이 되고 있었던 구교와 신교의 특징들이 지속적으로 다루어지고 있을 뿐 아니라 "베드 트릭" 역시 구약성서에 나오는 레아(Leah)와 타마르(Tamar)의 이야기에 그 근원을 두고 있음을 고려할 때에, 이 작품의 종교적인 색채가 강하다는 것을 지적하고 있다.[11]

이 작품이 가지고 있는 불편한 요소들, 즉 헬레나가 버트람을 남편으로 삼기 위해 노력하는 과정이 버트람 입장에서는 너무 황당하다는 점, 버트람이 헬레나에게 아내가 되기 위해 이루어야 한다고 주는 과업 역시 부당하다는 점, 그럼에도 불구하고 헬레나가 이 조건들을 충족시키고 해피엔딩으로 마무리하는 과정이 설득력을 결하고 있다는 점 등을 극복하고, 관객과 독자가 이 작품을 더욱 가까이할 수 있도록 하기 위해서 앞으로도 이 작품에 대한 다양한 연구가 계속될 것으로 믿는다.

---

10. "Bertram, the Third Earl of Southampton, and Shakespeare's *All's Well That Ends Well*: A Speculative Psychosexual Biography." *Exemplaria* 21.3 (2009): 319-42.

11. "*All's Well That Ends Well* and the Triumph of the Word." *Texas Studies in Literature and Language* 30.3 (1988): 388-411.

3) 공연사

로얄 셰익스피어 컴패니(Royal Shakespeare Company)의 기록에 따르면, 이 작품이 셰익스피어 시대에 공연되었다는 기록은 찾을 수 없다. 최초로 기록된 공연은 1741년에 굿맨스 필즈(Goodman's Fields)에서 이루어졌다. 그 공연은 무대를 옮겨 드루리 레인(Drury Lane)에서 계속될 예정으로 1741년 10월에 리허설을 마쳤다. 하지만 왕 역할을 맡은 윌리엄 밀워드(William Milward, 1702-1742)가 병에 걸린 바람에 한참을 미루었다가 1742년 1월 22일에 비로소 무대에 올려졌다. 그런데 첫 공연에서 헬레나 역을 맡은 여배우가 기절을 하여, 그녀의 대사는 다른 사람이 읽는 걸로 대체되었다. 밀워드는 같은 해인 2월 2일에 다시 병석에 눕고 결국 나흘 뒤인 2월 6일에 숨졌다. 그 외에도 이 작품에 출연하는 여배우들 여러 명이 병을 앓게 되었다는 근거 없는 소문이 돌면서, 이 작품은 『맥베스』의 경우처럼 "재수없는" 극이라는 오명을 쓰게 되었다. 그 후 데이빗 개릭 시대에 헨리 우드워드(Henry Woodward)가 파롤스의 역할을 우스꽝스럽게 잘해서 인기를 끌기도 했다. 그 뒤에는 가끔씩 무대에 올려졌는데, 특히 1832년에 코벤트 가든(Covent Garden)에서 오페라로 올려졌다. 20세기에 들어와서는 십여 차례 무대에 올려졌으며, 가장 최근의 공연은 2013년 7월에 낸시 메클러(Nancy Meckler)의 연출로 이루어졌는데 현대적인 배경으로 완전히 바꾸어서 보다 추상적인 개념으로 이 작품을 재해석하여 좋은 평가를 받은 바 있다.[12]

---

12. https://www.rsc.org.uk 로얄 셰익스피어 컴패니(Royal Shakespeare Company)의 홈페이지 참조.

셰익스피어 생애 및 작품 연보

셰익스피어의 생애와 작품의 집필연대 중 일부는 비교적 정확히 기록되어 있는 자료에 의존할 수 있지만, 대부분은 막연한 자료와 기록의 부족으로 그 시기를 추정할 수밖에 없으며, 특히 작품 연보의 경우 학자들에 따라 순서나 시기에 차이가 있음을 밝힌다.

1564	잉글랜드 중부 소읍 스트랫포드 어폰 에이번Stratford-upon-Avon 출생(4월 23일). 가죽 가공과 장갑 제조업 등 상공업에 종사하면서 마을 유지가 되어 1568년에는 읍장에 해당하는 직high bailiff을 지낸 경력이 있는 존 셰익스피어와, 인근 마을의 부농 출신으로 어느 정도 재산을 상속받은 메리 아든Mary Arden 사이에서 셋째로 출생. 유복한 가정의 아들로 유년시절을 보냄.
1571	마을의 문법학교Grammar School에 입학했을 것으로 추정.
1578	문법학교를 졸업했을 것으로 추정. 졸업 무렵 부친 존은 세금도 내지 못하고 집을 담보로 40파운드 빚을 냄.
1579	부친 존이 아내가 상속받은 소유지와 집을 팔 정도로 가세가 갑자기 어려워짐.
1582	18세에 부농 집안의 딸로 8년 연상인 26세의 앤 해서웨이 Anne Hathaway와 결혼(11월 27일 결혼 허가 기록).
1583	결혼 후 6개월 만에 맏딸 수잔나Susanna 탄생(5월 26일 세례 기록).
1585	아들 햄넷Hamnet과 딸 쥬디스Judith(이란성 쌍둥이) 탄생(2월 2일 세례 기록).

1585~1592	'행방불명 기간'lost years으로 알려진 8년간의 행방에 관한 자료가 거의 없음. 학교 선생, 변호사, 군인, 혹은 선원이 되었을 것으로 다양하게 추측. 대체로 쌍둥이 출생 이후 어떤 시점(1587년)에 식구들을 두고 런던으로 상경하여 극단에 참여, 지방과 런던에서 배우이자 극작가로서 경험을 쌓았을 것으로 추측.
1590~1594	1기(습작기): 주로 사극과 희극 집필.
1590~1591	초기 희극 『베로나의 두 신사』(*The Two Gentlemen of Verona*) 『말괄량이 길들이기』(*The Taming of the Shrew*)
1591	『헨리 6세 2부』(*Henry VI*, Part II)(공저 가능성) 『헨리 6세 3부』(*Henry VI*, Part III)(공저 가능성)
1592	『헨리 6세 1부』(*Henry VI*, Part I)(토머스 내쉬Thomas Nashe 와 공저 추정) 『타이터스 앤드러니커스』(*Titus Andronicus*)(조지 필George Peele과 공동 집필/개작 추정)
1592~1593	『리처드 3세』(*Richard III*)
1592~1594	봄까지 흑사병 때문에 런던의 극장들이 폐쇄됨.
1593	「비너스와 아도니스」(*Venus and Adonis*)(시집)
1594	「루크리스의 강간」(*The Rape of Lucrece*)(시집) 두 시집 모두 자신이 직접 인쇄 작업을 담당했던 것으로 추정되며, 사우샘프턴 백작The third Earl of Southampton에게 헌사하는 형식. 챔벌린 극단Lord Chamberlain's Men의 배우 및 극작가, 주주로 활동.
1593~1603 및 이후	『소네트』(*Sonnets*)

| 1594 | 『실수연발의 희극』(*The Comedy of Errors*) |
| 1594~1595 | 『사랑의 헛수고』(*Love's Labour's Lost*) |

1595~1600	2기(성장기): 낭만희극, 희극, 사극, 로마극 등 다양한 장르 집필.
1595~1596	『로미오와 줄리엣』(*Romeo and Juliet*)
	『리처드 2세』(*Richard II*)
	『한여름 밤의 꿈』(*A Midsummer Night's Dream*)
	『존 왕』(*King John*)
1596	아들 햄넷 사망(11세, 8월 11일 매장).
	부친의 가족 문장 사용 신청을 주도하여 허락됨(10월 20일).
1596~1597	『베니스의 상인』(*The Merchant of Venice*)
	『헨리 4세 1부』(*Henry IV, Part I*)
	스트랫포드에 뉴 플레이스 저택Great House of New Place 구입
	(마을에서 두 번째로 큰 저택으로 런던 생활 후 은퇴해서 죽
	을 때까지 그곳에 기거).
1598	벤 존슨Ben Jonson의 희곡 무대에 출연.
1598~1599	『헨리 4세 2부』(*Henry IV, Part II*)
	『헛소동』(*Much Ado About Nothing*)
	『헨리 5세』(*Henry V*)
1599	시어터 극장The Theatre에서 공연하던 셰익스피어의 극단이 땅
	주인의 임대계약 연장을 거부하자 '극장'을 분해하여 템즈강
	남쪽 뱅크사이드 구역으로 옮겨 글로브 극장The Globe을 짓고
	이곳에서 공연. 지분을 투자하여 극장 공동 경영자가 됨.
1599~1600	『줄리어스 시저』(*Julius Caesar*)
	『좋으실 대로』(*As You Like It*)

1601~1608	3기(원숙기): 주로 4대 비극작품이 집필, 공연된 인생의 절정기
1600~1601	『햄릿』(*Hamlet*)
	『윈저의 즐거운 아낙네들』(*The Merry Wives of Windsor*)
	『십이야』(*Twelfth Night*)
1601	「불사조와 거북」(*The Phoenix and the Turtle*)(시집)
	아버지 존 사망(9월 8일 장례).
1601~1602	『트로일러스와 크레시다』(*Troilus and Cressida*)
1603	엘리자베스 여왕 사망(3월 24일). 추밀원이 스코틀랜드의 제
	임스 6세를 잉글랜드의 제임스 1세로 선포.
	제임스 1세 런던 도착(5월 7일) 후 셰익스피어 극단 명칭이
	챔벌린 경의 극단에서 국왕의 후원을 받는 국왕 극단King's
	Men으로 격상되는 영예(5월 19일).
	제임스 1세 즉위(7월 25일).
1603~1604	『자에는 자로』(*Measure for Measure*)
	『오셀로』(*Othello*)
1605	『끝이 좋으면 다 좋다』(*All's Well That Ends Well*)
	『아테네의 타이먼』(*Timon of Athens*)(토머스 미들턴Thomas
	Middleton과 공동작업)
1605~1606	『리어 왕』(*King Lear*)
1606	『맥베스』(*Macbeth*)
	『안토니와 클레오파트라』(*Antony and Cleopatra*)
1607	딸 수잔나, 성공적인 내과의사인 존 홀John Hall과 결혼(6월 5일).
1607~1608	『페리클레스』(*Pericles*)(조지 윌킨스George Wilkins와 공동작업)
	『코리올레이너스』(*Coriolanus*)

1608~1613	제4기: 일련의 희비극 집필.
1608	셰익스피어 극장이 실내 극장인 블랙프라이어스Blackfriars 극장을 동료배우들과 함께 합자하여 임대함(8월 9일).
	어머니 메리 사망(9월 9일 장례).
1609	셰익스피어 극장이 블랙프라이어스 극장 흡수, 글로브 극장과 함께 두 개의 극장 소유.
1609~1610	『심벌린』(*Cymbeline*)
1610~1611	『겨울 이야기』(*The Winter's Tale*)
	『태풍』(*The Tempest*)
1611	고향 스트랫포드로 돌아가 은퇴 추정.
1613	『헨리 8세』(*Henry VIII*)(존 플레처John Fletcher와 공동작업설)
	『헨리 8세』 공연 도중 글로브 극장 화재로 전소됨(6월 29일).
1613~1614	『두 사촌 귀족』(*The Two Noble Kinsmen*)(존 플레처와 공동작업)
1614~1616	말년: 주로 고향 스트랫포드의 뉴 플레이스 저택에서 행복하고 평온한 삶 영위.
1616	둘째 딸 쥬디스, 포도주 상인 토마스 퀴니Thomas Quiney와 결혼(2월 10일).
	쥬디스의 상속분을 퀴니가 장악하지 않도록 유언장 수정(3월 25일).
	스트랫포드에서 사망(4월 23일. 성 삼위일체 교회 내에 안장).
1623	『페리클레스』를 제외한 36편의 극작품들이 글로브 극장 시절 동료 배우 존 헤밍John Heminge과 헨리 콘델Henry Condell이 편집한 전집 초판인 제1이절판으로 출판됨.
	아내 앤 해서웨이 사망(8월 6일).

옮긴이 **조숙희**

중앙대학교 영어영문학과 졸업

미국 오하이오 주립대학교 영어영문학과 석사

미국 오하이오 주립대학교 영어영문학과 박사

현재 중앙대학교 영어영문학과 교수

중앙대학교 인문대학장, 교양대학장, 고전르네상스드라마학회장, 한국아메리카학회 회장 역임

저서 『현대영미드라마의 이해』(공저), 『미국현대드라마』(공저), 『그리스·로마극의 이해』(공저),
  Women on Stage: A Collection of Feminist Plays(공저) 외

논문 「수잔 타운센드의 『위대한 천상의 암소』에 나타나는 여성의 자율성과 광기의 함수관계」 외
  30여 편

끝이 좋으면 다 좋다

초판 발행일 2016년 11월 25일

옮긴이 조숙희
발행인 이성모
발행처 도서출판 동인
주 소 서울시 종로구 혜화로3길 5 118호
등 록 제1-1599호
TEL (02) 765-7145 / FAX (02) 765-7165
E-mail dongin60@chol.com
ISBN 978-89-5506-735-4
정 가 9,000원

※ 잘못 만들어진 책은 바꿔 드립니다.